Auta Minua Minnesota!

Gimi Tano

"Puhuminen tekee hyvää."

Kustantaja: BoD – Books on Demand, Helsinki, Suomi

Valmistaja: BoD – Books on Demand, Norderstedt, Saksa

ISBN: 978-952-31-8578-4

1

Ei mitään muistikuvaa eilisestä. Mitä edes teinkään? Ai niin, en mitään. Ryyppäsin ja tuhlasin saamani tuet nettikasinolle. Vitun vittu ja kaikki sen striimaajan syytä. Vuokraemännältä varmaan menee kuppi nurin lopullisesti. Kiltti mummeli, eli uskon että se tulee kohta antamaan häädön ilman raivoamista. Herätyskelloni näyttää olevan kahdeksan, eikä enää väsytä. Voisin ryypätä.

Jääkaappi on tyhjä, pelkkää salaattia. Ulkona paistaa onneksi aurinko, eli pitää mennä ulos ja nauraa lampaitten työkiireisiin. Huppu päälle ja menoksi. Olen onnekas elämäni suhteen vaikka olen rotta joka elää verorahojen varassa. Asun ihan Helsingin keskustassa, tai ei keskustassa. Käpylän ja Koskelan välissä, missä spora kulkee. Julkiset ihan kiva käyttää, ei tarvitse jännittää bensan hintaa eikä pelätä parkkisakkoja. Astuttua heti ulos kämpästäni, kuulin naapurin raivoamista. Hänen hieno BMW sai keltaisen sakon yön aikana oltua pelastustiellä. En yhtään sääli. Nuo autot ovat kuitenkin kovahintaisia huollossa, eli kyllä sillä on varaa maksaa 60€. Miksi muuten tulla asumaan kiinteistölle, jossa ei ole autopaikkoja, mikä ihmeen typerys pitää olla ja omistaa autoa vailla tolppaa? Korjaan, kaveri maksaa 80€, perkele tätä mafia toimintaa.

Ratikassa oli ruuhkaista lampaitten takia, mutta onneksi oli kestettävä pari pysäkkiä. Joskus oli tunnelmaa kyydissä.

Heikkoa suomea puhuva mies: Haista paska, sä kaasuta mua!

Ärtynyt nainen: No saatana ihan sama kun kaasutan sinua!

Astuin ulos ratikasta ja edessäni oli Alepa. Menin sisälle ja korin kanssa aloin vaeltaa hyllyihin. Hinnat nousseet, onneksi veromaksajien rahoilla saan jotain korilleni. Itsepalvelu kassa hajalla, piti ottaa tavallinen kassa. En ollut siinä tuulella nähdä uusia ihmisiä, joten vedin neutraalisen tonnin seteli ilmeeni. Ei siinä kauan mennyt, kun olin jälleen tunnelma rikkaassa ratikan kyydissä.

Itsekkäältä kuulostava tyttö: Siis haukuit minua läskiksi ja lesboksi snapissä!

Syyllistetty tyttö: Enkä ole!

Itsekkään tytön ystävä: Kyllä haukuit sillä itse haluat Rasmuksen syliin, vaikka sitä ei kiinnosta sinun kaltaisesi.

Syyllistetty tyttö yskien: Älä sekaannu!

Sivullinen tyttö toiselta penkiltä: Mikä tämä kebab runkkaus juttu muuten oli? Mitä yrität sillä vaikuttaa?

Syyllistetty yhä yskien, tippuen penkiltään alas: Ai saatana!

Lukitsin itseni kämpän sisälle, jotta tänään ei tarvitsisi mennä enää ulos. Pistin rakentamani pelitietokoneen tulille lepotilasta ja heti ensimmäiseksi menin lukemaan uutisia. Samaan sontaa joka päivä. Pandemiaa, sotia, kriisejä, ilmastonmuutos, paskaa, paskaa ja lisää paskaa. Tämän on se paras puoli työttömyydestä, en tarvitse osallistua tähän yhteiskunta hysteriaan. Voin nojata tuolillani avatulla oluella ja nauttia tästä elämästä. Siihen saakka kun maapallo on vielä olemassa.

Oven takana oleva ääni koputuksen kanssa: Kimmonen!

Voi perhana, kuka nyt kehtaa häiritä elämääni? Menen oven luokse, en jaksa kuunnella sitä paiskaamista. Ovessa oli onneksi ketju, joten uskalsi avata.

Oven takana oleva sossutyöntekijä: Kimmonen!

- Huomenta vaan teillekin, mitä voin olla avuksi?

Sossutyöntekijä: Tällä kuukaudella ette hakeneen ollenkaan työpaikkoja ja kuitenkin saatte täydet tuet lisillä!

- Hain neljä työpaikkaa kuukaudessa, olen ehtojen kanssa kunnossa.

Sossutyöntekijä: Ette käyneet missäkään työhaastattelussa, joka rikkoo sopimuksen ehtoja. Tämän vuoksi olen irtisanonut vuokrasopimuksesi ja muutat välittömästi meidän omistamalle kiinteistölle.

Sossu oli uhkaillut jatkuvasti ottaa minut heidän omistamille vuokrakämpille, jotta minun "kuntoutus" edistyisi. Miten se voi edistyä, kun kaikki rahat menee kalliisiin oppikirjoihin jota Kela ei kustanna.

- Vuokraemäntä ei ole vielä irtisanonut vuokrasopimusta, joten jatkan asumistani täällä.

Olin sulkemassa ovea, mutta se räjähti auki. Poliisit astuivat väkisin sisään. Kysyin oliko heillä valtakirjaa tähän sisääntuloon, mutta iskivät heti raudan ranteisiin. Sossutyöntekijä kiljuu, minä kiljun ja poliisi kiljuu. Voi perse, arvasin että tänään oli maanantai. Nyt varmaan he vaativat, että maksan kaiken takaisin valtiolle. Käytävään minut raahattiin,

7

jossa pelastus oli odottamassa. Sanallisesti, nimittäin käytävällä seisoi pappi.

Pappi: Mitä on meneillä?

Pappi oli Ulrich, koulukaveri lapsuudesta, joka ryhtyi papiksi. Suomen ruotsalainen rikkaasta perheestä. Miksi ihmeessä hän ryhtyi papiksi? Mysteeri tänäkin päivänä.

Sossutyöntekijä: Asia ei sinänsä kuullu sinulle!

Ulrich: Kyllä se kuuluu, kun työasioita olin tulossa hoitamaan.

Poliisi oikeallani: Työasioita?

Ulrich: Olin tuomassa hänen uutta työsopimusta juuri palkkaamalle avoimelle paikalle. Ja mitä näen, lakipykälän hyväksikäyttöä. Ette edes anna mahdollisuutta kaverilla pistää nimeä alle. Vai onko kaveri riehunut vai mitä? Onko hän saanut häädön?

Poliisi vasemmallani: Ei ole, hän ei pitänyt kiinni sosiaalitoimiston kanssa tehdystä sopimuksesta...

Ulrich: Elämme vielä hulluja aikoja, joten onpas outoa että oli kiire raastaa kaveri voimassa olevassa vuokrasopimuksesta sossun kiinteistölle. Eikö laki ole tehnyt selväksi että näin ei tehdä, vai onko ilkeä pilluhallitus mennyt taas johdon hermoille?

Poliisi oikealla joka vapautti minut raudoista: Ei ole, meille ei kerrottu ihan kaikkea. Tässä tilanteessa sopimusta ei ole rikottu. Päivän jatkoa.

Poliisi käveli pois, näkemällä asian olevan selvitetty. Sossutyöntekijä oli kuumana, poistuen närissään. Hieroisin ranteitani, sillä raudat tuntuivat ihossa. Ulrich lähestyi ja sillä sinänsä oli joku sopimus mukana.

- Sanoin jo sinulle, että en tarvitse apua.

Ulrich: Kirkon työntekijänä tiedän kaikkea mitä Kelassa ja Sossussa tapahtuu. Luota minuun, sossun kiinteistöt eivät ole kivoja asumispaikkoja. Mennäänkö kahville, tarjoan?

En voinut sanoa ei ilmaiselle kahville, joten suostuin kuuntelemaan tulevaa kielteistä vastaustani. Tietysti Ulrich vei minut vegaani kahvilaa, jossa kahvi on luomua.

Ulrich: Kirkko on perustanut auttavan linjan, johon kaikki voivat soittaa ja puhua ongelmistaan. Sen nimeksi tuli Auttava Linja, joka pyörii sponsoreitten ja verorahojen voimin.

- Siis veronmaksajat maksavat siitä, että joku tuntematon soittaa ongelmistaan?

Ulrich: Juu on niitä, mutta sponsoreitten ansiota voimme maksaa kuukausi palkkaa.

- Paljonko se on?

Ulrich: Summa menee 1850€, plus lisät.

Jos matikka pääni toimii, siitä olisi hyötöä taloudessani. Näillä tuilla ryyppääminen ja muu hupi on aina suunniteltava vuokran ja laskujen takia. Plus kasino menetykset. Ehkä tämä työ voisi olla parempi mitä työvoimatoimisto on aina pakottanut tehdä.

Kauppojen hyllyttäjä oli katastrofi, mutta olin syytön. Työ meni kivasti, mutta miksi sen kaupan piti olla ahdas? Miksi kun törmää vahingossa hyllyyn, kaikki dominona piti kaatua samaan aikaan? Kassatyöskentely sujui kunnes asiakas halusi tupakkia.

Asiakas: Sano nyt millä numerolla saan Belmontin!

- En minä tiedä, ei koulutettu muistamaan numeroita!

Asiakas: Tämä on huonoa asiakaspalvelua!

- Älä huuda ja arvo tupakkasi, jono vain suurenee!

Asiakas painoi numeroa 28, saamalla Camel-tupakkia: En minä tätä halunnut!

- Too bad, saisiko olla jotain muuta?

Sain porttikiellon koko myymälästä maineen haitan seurauksena, vaikka suomessa ei ole lakia porttikieltojen kanssa. Siitä siirryin alkoholikauppaan, joka oli tuttua maisemaan minun makuuni.

- Tämä punaviini on kehuttu hedelmäiseksi, josta puheen ollen...

Avasin pullon ja otin kunnon hörpyn asiakkaitten edessä.

Asiakas, joka taisi olla kunnon viinimestari: Eikö maistamisessa tarvita ämpäriä?

- Pitää ollakin, mutta ne kaikki loppuivat avajaisissa.

Kierrätys ja kirppis myymälä oli mitä oli.

- Tässä myymälän halvin sohva, siinä oli pahoja
  spermatahroja jota onneksi saatiin putsattua pois. Ikävä
  kyllä kannabiksen haju jäi. Se ei tunnu jos ei ihan pistä
  nenäänsä kiinni sohvan tyynyille.

Opiskelijan näköinen asiakas: Mietin asiaa.

Ketä tässä valehtelen, en halua mennä töihin. Pelkkiä huonoja
kokemuksia. Ajaudun kaikkien kanssa riitaan. Nyt puhutaan
työnteon kattavuudesta, eli olen lopulta onnekas rotta. Ulrich
kuitenkin näki vaivaa nyt tämän paikan kanssa ja ilman häntä,
olisin sossun tarkkailussa. Kiitoksena allekirjoitan sopimuksen.

2

Makaan sängylläni, tuijottamalla herätyskelloani. Se näyttää olevan 10:01. Olisi pitänyt lukea se typerä sopimus. Työt alkoivat "heti". Pitää mennä kello 11:30 paikan päälle perehdytykselle. Ei enää väsyttänyt, oli pakko nousta ylös. Aamupalana oli kahvi, joku halpamerkkinen muropatukka ja olut. Pelkkää ajan hukkaamista tämä aamu. En käynyt suihkussa enkä pessyt hampaitani. Eilisen vaatteet päälle ja menoksi.

Odottelemassa ratikkaa pysäkin suojassa, sillä tänään piti olla sateinen päivä. Ratikat onneksi liikkuivat. Onnistuin samaan jopa istumapaikan.

Viereinen istumapaikka, jossa nainen huutaa puhelimelle: Pilasit tämän Viron reissun mustasukkaisuutesi takia. Aina oli pakko soittaa viiden minuutin välein!

Ei hemmetti, olin nyt lammas muitten lampaitten kanssa menossa töihin.

Olin perillä. Läheisyydellä on kirkko, mutta vieressä toimistotiloja täynnä oleva rakennus. Astuin sisään ja suoraan hissille kolmannelle kerrokselle. Olin toimipaikan oven edessä ja painoin ovikelloa. Ulrich vastaanotti minut.

Ulrich: 5 minuuttia myöhässä.

- Oli ruuhkaa.

Ulrich: Seisoit paikoillaan pysäkillä.

- Siis täällä vakoillaan työntekijöitä?

Sisääntulo aula oli minimalistinen. Puhtaus haisi ilmassa, selvästi pelkkää leveilyä naapureille. Taukotila oli mukava biljardipöydällä. Työtila oli ison laaja, avotoimisto tyylinen. Työpisteet olivat pelkkiä pöytiä, jossa oli tabletti ja pöytäpuhelin. En muista nähneeni pöytäpuhelinta. Viimeksi näin, kun kävin mummolassa lapsena. Vilkaisin paikalla olevia työntekijöitä, ei ollut paljon paikalla mutta vilkaisin silti. Pöydissä olleet nimilaput saivat huomioni, kunnes Ulrich keskeytti ajatteluni.

Ulrich: Tässä työpöytäsi, simppelin pieni tabletilla ja puhelimella.

- Miksi tabletti?

Ulrich: Nykyään kaikki toimisto ohjelmat ovat saatavina sovelluksina.

- No miksi pöytäpuhelin?

Ulrich: Tuo pöytäpuhelin on yhdistetty tuon mustakaapin olevaan älypuhelimeen, joka vastaanottaa ainoastaan puheluita.

Ihmettelikin, miksi täällä oli hemmetin ruma serverikaappi.

Ulrich: Nyt tarvitsemme sinulle nimen.

- Eikö oma nimeni kelpaa?

Ulrich: Haluamme työntekijöitten yksityisyyden olevan turvassa. Se lisää luottamusta soittajan ja auttajan välillä. Nimi politiikka on simppeli, ei etunimeä tai sukunimeä. Käytämme paikkojen nimi, mitä löytyy kartasta.

- Eli voin kutsua itseäni Helsingiksi?

13

Ulrich: Juuri näin, mutta sitä nimeä emme anna käyttää.

- Okei, Las Vegas.

Ulrich, osoittamalla oikealle: Se on jo varattu.

Las Vegasin nimen vei nainen, jonka vaatteet kertoi raskaan musiikin olevan hänen makuunsa.

- New York.

Ulrich osoitti vasemmalle tyhjää pöytää: Varattu.

- Nebraska?

Ulrich osoitti taakse: Varattu.

Takana istui eläkeläinen mies, joka selvästi kuunteli puhetta kuulokkeista.

- Los Angeles.

Ulrich: Meni jo.

- Milano.

Ulrich: Turussa on sellainen.

- Siis toimipaikkoja on monta? Rooma

Ulrich: Varattu.

- Moskova.

Ulrich: Se nimi on kieltolistalla, suurtahojen käsky.

- No Kiova.

Ulrich: Varattu.

- Nämä tahot ovat isoja tekopyhiä. Florida.

Ulrich: Sama syy, varattu.

- Voinko sitten irtisanoa itseni tästä työstä erimielisyys syistä?

Ulrich: Odota hetki.

Ulrich käveli ulos toimistosta, jättämällä minut istumaan työpisteeni äärelle. Ulrich palasi kantamalla mukanansa karttapalloa. Ulrich asetti karttapallon pöydälle ja pisti sen pyörimään ja lujaa.

Ulrich: Se mihin sormesi osuu, on nimesi puhelujen aikana.

Pallo pyöri niin lujaa, että en nähnyt Eurooppaa tai Amerikkaa. Annoin sen vielä pyöriä, ottamalla sormen valmiiksi. Iskin sormeni karttapalloon, pysäyttämällä arvonnan.

Ulrich antoi tuloksen: Jaahas, sinusta tulee Minnesota.

- Voinko uusia.

Ulrich: Ei onnistu.

Sain perehdytyksen työpisteeltäni. Tabletissa avattiin sovellus auki, joka auetessa näytti saapuvia puheluita. Puhelut olivat jonossa, odottamalla työntekijän hyväksyntää. Listan alla oli painike, jossa luki "Testi". Kun sitä painoi, luurista kuului pieni tekstarin kaltainen ääni. Se tarkoitti, että puhelin toimii. En saanut vielä mikkikuulokkeet, joten harjoiteltiin luurin kanssa.

Ulrich: Ensimmäinen soittaja kärsii syömishäiriöstä, mitä sanot?

- Lopeta oksentelu ja syö se pihvi.

Ulrich: Väärin! Aloittaisin keskustelun, kysymällä mitä hänen elämässä on meneillä. Siitä voisi löytyä vastaus hänen ongelmiinsa. Hankalissa tapauksissa ohjaisin hänet terapiaan ja lääkäriin kautta ravitsemusterapeutille. Toinen soittaja, hänen ongelmansa on hiukan vakava. Hän menetti työpaikkansa eikä kertonut vaimolleen mitään. Salaa asian ottamalla pikavippejä. Mitä sanot?

- Tee työsi paremmin ensikerralla.

Ulrich: Väärin! Tässä tapauksessa on monta tekijää. Pahin tässä on salailu. Ottaisin selvää, millainen suhde soittajalla on puolisonsa kanssa, josta kehottaisin tuoda asian esille. Pikavipeistä antaisin varoituksen ja työhakuneuvoja voi myös halutessa antaa. Kolmas soittaja, nuori pari vietti lemmen yön ja seurauksena tuli positiivinen raskaustesti. Mitä neuvoksi?

- Kysyisin, että onko heillä henkaria lähellä...

Ulrich: Perkele Kimmonen!

- Älä huuda! Olet pappi.

Ulrich: Monelle nämä puhelut ovat vakavia asioita, yksikin virhe voi ajaa kriisin syvemmälle.

- No anna parempia skenaarioita!

Puhelin pöydällä alkoi soida, idioottina nosti luurin korvalleni. Tajusin mokanneeni, sillä Ulrich näytti paniikin merkkejä.

16

Jostain kumman syystä, sovellus päätti antaa puhelun minun työpisteelleni. Bugi tai ei, kuulin asiakkaan äänen.

Soittaja: Haloo?

Äänestä päätellen soittaja oli peruskoululainen, joku jonne tai siihen suuntaan menevä. Pilapuhelu mahdollisesti. Joten päätin ryhtyä ammattimaiseksi, vaikka halusin heti kenkään.

Soittaja: Haloo?

- Auttava Linja Minnesota puhelimessa, pahoittelut teknisestä viasta.

Soittaja: Tänne sai soittaa, jos oli jotain ongelmia?

- Oikeassa paikassa, mikä päivässänne vaivaa?

Soittaja: Olen yläaste ikäinen kundi, joka harrastaa jääkiekkoa. Olen luokan paras liikuntatunneilla.

- Sepä kuulostaa mukavalta.

Soittaja: Perheessäni kaikki ovat jääkiekkofaneja, kuten faija ja mutsi. HIFK on meidän joukkue.

- Mahtaako ongelma liittyä jääkiekkoon?

Soittaja: Kyllä. Osallistuin Kiekko-Vantaan juniori kokeiluihin. Jos tulee valituksi, pääsee pelaamaan matseja toisia joukkueita vastaan.

- Eli pääset näyttämään taitosi ja mahdolliseksi samaan näkyvyyttä tulevalle uralle?

Soittaja: Juuri sitä. Kaikki meni vain päin persettä.

17

- Miten niin muka?

Soittaja: Asuttua jäälle, vasen luistin irtosi. Sain varaluistimen käyttöön, mutta se oli aika kireä. Kireys haittasi keskittymistä, jonka vuoksi kaikki meni pieleen. Maalit menneet pieleen, luistelu mennyt pieleen ja taitojen näyttö mennyt pieleen. Jouduin varasijalle.

- Miten vanhempasi ovat reagoineet?

Soittaja: He eivät tiedä. Molemmat ovat työmatkalla ulkomailla. Seuraava kokeilu vasta Elokuussa.

- Huolisi on vanhempien reaktio?

Soittaja: He ovat fanaatikkoja. Kun HIFK häviää, se on suuri katastrofi surunpäivän aikaa. En viitsisi tuottaa heille pettymystä. Tästä asiasta tietää vain isovanhempani.

- Onhan minulla neuvo mitä tehdä. Sano vanhemmillesi, että se siirtyi Elokuulle se kokeilu.

Soittaja: Oletko ihan varma?

- Jos pääsit varasijalle, se tarkoittaa että he haluaa sinut. Ei ne noin vaan pistä ihmisiä varalle. He odottavat, että palaat ja teet paremmat tulokset viime kerralta. Varmana pääset sisään Elokuussa. Ovatko isovanhempasi mukavia.

Soittaja: Ovat.

- Sano heille suunnitelmasi ja he varmasti osallistuvat siihen mielellään. Jos se helpottaa sinua, se helpottaa vanhempia.

18

Soittaja: No kokeilen tuota keinoa, kiitoksia hei!

Soittaja sulki luurin, mutta äänestä päätellen oli helpottunut.

Ulrich: Hyvin olen hoitanut ensimmäisen asiakkaan, mutta miksi kehotit hänen valehdella?

- Vanhemmat tuottavat turhaa stressiä huomaamatta ja kun kyseessä on kaksi urheiluhullua, heillä voi olla liian kovat odotukset huomaamatta.

Ulrich: Vältä valehtelu neuvo ensi keralla, minun puolesta perehdytys on ohi. Huomenna pääset hommiin.

- Näin nopea.

Ulrich: Ei tämä niin vaikea työ loppujen lopuksi ole.

Se oli totta. Huomenna työt alkavat Minnesota-nimellä.

3

Uusipäivä ja aamupalana kahvi, muropatukka sekä olut. Kroppani on tottunut heräämään omalla tahdilla, en tarvitse herätyskelloa enää. Pidän sen päällä kuitenkin, jos unet ovat liian makoisia. Outoa se on. Tähän aikaan olisin jo koneella trollaamassa keskusteluja ja seuraamalla kiihottajia uusilla salaliittoteorioilla. Sen sijaan olen nyt pysäkillä odottamassa ratikkaa, joka oli myöhässä.

Työpaikalla oli hiljaista, aamuina ei ollut paljon puheluita. Paikalla oli Las Vegas ja Nebraska. Las Vegas näytti olleen aika keskittynyt puheluunsa, kunnes Nebraska kuunteli ja pelasi pasianssia. Työpöydälläni oli kuulokkeet. Oikea korva sai kuulokkeen, mutta vasenta ei ollut. Mikrofoni oli herkkä ja helposti säätelevä. Kuulokkeet päässä ja sovellus auki tabletissa, olin valmis aloittamaan työt ensimmäisellä puhelulla.

- Auttava Linja Minnesota.

Soittaja: Peetu täällä moi! Soitan iloisilla uutisilla…

Ei saatana, ensimmäinen puhelu oli puhelinmyyjältä. Sitten huomasin, että puheluita ei ollut. Aamupäivä oli hiljainen ja kun puhelu ilmestyi, sen ehti napata joku muu. Toimistolta tai Kehä III ulkopuolelta. Ensin odotin tulevia puheluita, mutta hiljaista oli. Puhelu ilmestyi, mutta en ollut nopea. Uusi puhelu saapui ja sain sen.

- Auttava Linja Minnesota.

Soittaja: Se on Mirjami tässä hei.

- Hei.

Soittaja: Tänne sai soittaa päiväongelmiensa takia?

- Joo soititte oikeaan numeroon.

Soittaja: Eli voin aloittaa. Asun Vantaalla aika uudessa kiinteistössä. Olen eläkeläinen ja pitkään asunut Tikkurilassa, mutta purun seurauksena Vantaan kaupunki siirsi minut Korsoon alueelle.

- Joo Korsolla on mainetta.

Soittaja: Korsossa ei sinänsä mitään vikaa ole. Kaupat lähellä ja lääkärikäynnit onnistuvat yksityisen kautta. Ongelmana on pelastustie.

- Pelastustie?

Soittaja: Asuinalueelle ei ole parkkipaikkoja. Kaupunki ei myönnä viereisen kiinteistön parkkipaikkoja sillä se kuuluu vuokrafirmalle. Jotain autopaikkoja on vuokralla, mutta ne arvottiin joillekin. Nämä jotka eivät saaneet päättivät jättää autonsa pelastustielle. Kun yksi jätti, niin monet muutkin jättivät. Siitä minä ja muutkin asukkaat närkästyimme ja alettiin valittamaan. Isännöitsijää ei kiinnostanut.

- Joo on tuttu ongelma. Näinä päivinä parkkipaikkoja on vain vähemmän saatavilla PK-seudulla. Tuliko puheenaiheeksi yhtiökokouksessa vai onko sellaisia enää?

Soittaja: Itse asiassa tuli. Meidän rapussa asuu kaveri, joka on yksityisellä töissä. Hän mainosti meille palveluja ja alettiin

21

vaatimaan valvontaa. Asukkaat eivät maksa mitään tästä, virhemaksut menevät yksityiselle. Kokouksessa aihe nousi esille ja herätti tunteita. Raivoamista, syyttelyä ja aggressiivisia kommentteja. Äänestys meni tiukoille, mutta valvonta meni läpi. Kiroilua siitä seurasi ja monien välit kiristyivät.

- Peruselämään kaupunkien kiinteistössä.

Soittaja: Ensimmäinen kyltti ilmestyi ja se heti revittiin irti. Uusi kyltti tuli nopeasti ja ensimmäiset sakot jaettiin. Neljä autoa rivissä pelastustiellä, kaikilla keltainen sakko tuulilasinpyyhkijässä.

- Eli valvonta alkoi toimia?

Soittaja: Tomihan se, mutta ongelma pysyi. Autot palasivat ja vastaanottivat uudet sakkolaput. Pelastustie on sotkuinen sakkolappujen takia. Hetken aikaan valvojia ei näkynyt, joten aloin lähettämään valvontapyyntöjä.

- Valvontapyyntöjä?

Soittaja: Aloin ilmiantaa autoja pelastustieltä. Huhtikuussa ambulanssi ei pystynyt kulkemaan rapun eteen autojen takia. Naapuri meinasi kuolla.

- Auttoiko se tilannetta?

Soittaja: Ei. Yhtensä aamu oli tekemässä aamupalaa, kunnes kuulin melua ulkoa. Menin katsomaan ikkunasta ulos ja näin naapurin hakkaavan valvojaa. Kuvasin tapahtuman puhelimellani ja soitin poliisille.

- Miksi kuvasit pahoinpitelyn?

Soittaja: Todisteeksi. Kello oli vasta 7, olin pelkässä yöpaidassa. Näytin poliisille filmin ja iltapäivällä he palasivat pidättämään hakkaajan, joka jätti tutulle paikalle. Sen tapahtuman takia, minulle tuli syyllinen olo. Olisinko voinut olla vain välittämättä koko asiasta? Minun takia valvoja pahoinpideltiin.

Tämä oli jännä tapaus mitä kuuntelin, varmaan sama touhu omilla nurkilla.

- Minun mielestä et ole syyllistynyt mihinkään. Pelastustie olisi voinut olla tyhjillään siihen tarvitsemalle tarkoitukselle. Naapurisi jotka omistavat auton olisivat voineet selvittää, onko alueella autopaikkoja ennen muuttoa. En ymmärrä miksi pitää muuttaa alueelle ja vasta sitten vinkua autopaikan puutteesta. Pahoinpitelijä olisi voinut jättää tien varrelle autonsa ja maksaa kilttinä saamansa sakkoa. Jos valvoja ei tullut paikalle, tarkoittaa nykyään ongelmia firman puolella. Isännöitsijä olisi voinut hoitaa asian paremmin, niin tätä sotkua ei olisi tullut. Itse olisin sopinut naapurikiinteistön kanssa vapaitten paikkojen vuokrasta, jotta asukkailla olisi niitä autopaikkoja. Älä syyttele itseäsi, syytä kaupunkia ja isännöitsijää.

Soittaja: Ehkä teen sillein. Tuo autopaikkojen vuokraus kuulosti hyvältä.

- Sitä voi kokeilla, ainakin ehdottaa nyt kiinteistön asukkaille.

23

Soittaja: Ainakin voin yrittää, kiitos että kuuntelit tämän kaltaista vaivaa.

- Eipä siinä.

Soittaja: Hei hei!

- Hei!

Ensimmäinen ongelma hoidettu. Nyt odotellaan seuraavaa. Ja seuraavan onnistuin saamaan.

- Auttava Linja Minnesota.

Soittaja, jolla suomi kuulosti heikolta: Hei hyvä kaveri, osaatko käyttää lippuautomaattia?

- Osaanhan minä, vaikka en ole VR-asiakaspalvelija.

Soittaja: Kerron tilanteen, minun pitää päästä Torinoon Oulun kautta.

- Eli tarvitset lipun lentoasemalle?

Soittaja: Ei lentoasema. Torino, Lappi.

- Lappi, tarkoitatko Torniota?

Soittaja: Niin niin, Torino. Serkku sanoi, että pitää ostaa lippu Ouluun jotta voi tulla hakemaan.

- Eli sinulla on sukulainen täälläpäin?

Soittaja: Kyllä, itse olen paennut Syyriasta. Menetin kaiken. Työn, kodin, naiseni ja vanhemmat. Kuljin pelkällä lompakolla ja puhelimella. Pelkkää selviytymistä. Kolme päivää syömättä ja veneilyä.

24

- Miten pääsit lopulta suomeen?

Soittaja: Serkku kehotti tulla Ruotsin kautta. Torino on kuulemma ihan rajassa kiinni. Monen viikon kävelyn ja kyytien jälkeen, pääsin vihdoinkin serkun koti alueelle. Niin ainakin luulin.

- Ongelmia rajalla?

Soittaja: Minun pistettiin muitten kanssa odottamaan ja siitä siirrettiin bussille. Yritän selittää että olen jo perillä, mutta rasisti kuski huutaa jotain loukkaavaa ja takaisin istumaan. Siitä sitten oli Helsingissä, suoraan vastaanottokeskuksessa. Seuraavana päivänä alkoi Suomen kielen oppinen.

- Taisi tehota kun suomesi sujuu hyvin.

Soittaja: He kohtelivat meitä kuin päiväkoti lapsia, jotain lastenlaulua kroppaosien suhteen. Minun suomeni olen oppinut puhelimeni kautta. Ilmainen ohjelma mainoksilla teki enemmän kuin mikä ihmeen "palikat". Tänään tein päätöksen palata Torinoon. Osaatko käyttää näitä automaatteja?

- Kyllä, paina näyttöä ja määränpää.

Soittaja: Painettu, tuli näppäimistö näytölle.

- Kirjoita Oulu, se taitaa ehdottaa automaattisesti.

Soittaja: Tuli Oulunkylä.

- Ei, kirjoita Oulu uudestaan.

Soittaja: Nyt tuli Oulu.

25

- Valitse Intercity, ne menevät suoraan ilman vaihtoa Ouluun.

Soittaja: Otin ensimmäisen, joka lähtee tunnin päästä. Nyt maksan kortilla... Automaatti sylki lipun ulos.

- Ota kaikki mitä se sylkee ulos mukaasi.

Soittaja: Se taisi olla siinä, näyttö palasi normaaliksi. Kiitos avusta ja siunausta.

Puhelu päättyi siihen. Kaveri ainakin pääsee nyt serkkunsa luokse.

Päivä kulki ja puheluita alkoi tulemaan. Ulrich päätti antaa minulle uuden tehtävän ennen vuoron päättymistä.

Ulrich: Tulisitko hakemaan minun kanssani pari pakettia postilta?

- Juu voin tulla.

Firmalla oli oma pakettiauto ja minulla oli ajokortti. Ajettiin Kannelmäen kauppakeskukseen hakemaan paketit, ihmetytti miksi hemmetissä firman posti palvelut ovat Keskustan ulkopuolella? Paketteja oli saatanallisesti paljon, saamalla kuorman täyteen. Ajettiin takaisin Keskustaan.

- Mitä noissa paketeissa on?

Ulrich: Toimisto tavaraa, joka tulee parantamaan työntekoa.

- Miksi paketit olivat Kannelmäessä?

Ulrich: Säästö syistä. Muuten miten vanhemmillasi menee?

- Miksi vaihdoit puheenaihetta?

Ulrich: Vastasin kysymykseen ja otin tilaisuuden tuoda toisen puheenaiheen esille.

- Mitä jos halusin tietää syyt säästöihin?

Ulrich: Sinua noita asioita ei kiinnosta.

- Miksi sinua kiinnostaa vanhempani?

Ulrich: Heistä en ole kuullut paljon mitään.

- Hyvä niin.

Ulrich: Haluatko puhua siitä?

- Tämäkö oli syy tulla Kannelmäkeen?

Ulrich: Ei, halusin vain tietää mitä vanhemmillesi kuuluu.

- Ja minä halusin tietää minkä vitun takia pitää ajaa Kannelmäkeen asti...

Ulrich: Varo!

Edessäni oli auto ja iskin jarrut pohjaan. Pakettiauto hiljeni vauhtia nopeasti, mutta liikkui mummon askeleilla vielä eteenpäin. Kolaria ei tapahtunut, mutta pieni tönäisy tuntui. Pakettiauto osui taksiin, joka oli noutamassa rullatuolilla olevaa asiakasta kyytiin. Oltiin jopa perillä toimiston luona. Minun työvuoroni oli jopa päättynyt.

- Niin tämä oli firman nimissä oleva auto?

Ulrich: Joo on.

\- Eli sinun syytäsi tämä kolari, ei minun.

Ulrich: Ei se noin toimi.

\- Yritätkö siirtää syyt minun niskoihini?

Ulrich: Sinä olit ratissa!

Poistuin pakettiautosta ovet paukkuen. Taksikuski ja rullatuolissa olevat asiakas katselivat sivusta touhua.

\- Hänen autonsa, hänen syynsä!

Lähdin heti kävelemään kohti kotia, tai pysäkille jossa ratikka kulki.

Taksikuljettaja rauhallisesti lähestyvän pakettiautoa: Mikä tuon kaverin ongelma oli?

Ulrich, joka otti firman käyntikortin ja ajokortin pois lompakostaan: Elämä.

4

Uusi päivä, sama työpiste. Poikkeuksena oli ilmestynyt kamelipatsas. Sellainen pieni, joka oli kävelyasennossa. Joku vittuilee tai vitsailee kustannuksellani. Minä tätä nimeä en päättänyt. Työt alkoivat ensimmäisellä puhelulla.

- Auttava Linja Minnesota.

Soittaja: Hei, en halua kertoa nimeä.

- Päiviä.

Soittaja: Minulla on sellainen ongelma ja toivoisin, että en joudu heti nolatuksi.

- Nämä soitot ovat luottamuksellisia.

Soittaja: Viime aikoina olen liian aktiivinen pornon suhteen.

- Aha.

Soittaja: Katson pornoa, sillä tarvitsen rentoutua ja lievittää stressiä. Yläasteelta asti olen katsonut pornoa, sillä se kiinnostaa. Yksinäisenä ihmisenä, tarvitsin tekemistä. Aloitin googlaamalla lempi piirretyn perusteella ensin...

- Piirretyn, puhutaanko länsimaisesta vai suoraan sanottuna japanilaisesta?

Soittaja: Japanilaisesta. Länsimaiset piirretyt eivät vedätä. Manga-piirtäjät osaavat piirtää hyvän näköisiä. Niille teki vain hyvää vatkata. Ainakin kun uusi anime julkaistiin, vilkaisin heti pornon olemassaoloa. Joistain löytyi heti ja joskus piti odottaa päiviä. Ongelmia niitten löytämiseen ei silloin ollut.

- Ja nyt tuli ongelmia?

Soittaja: Ajat ovat muuttuneet, asun nykyään pienessä yksiössä ja käyn töissä. Palkka on hyvä ja sitä jaksaa tehdä. Viime aikoina tuntui tulleen muutos pornon katselun kanssa. Minulla on ollut ongelmia saada seisomaan ja materiaali mihin aina vedin ei enää vedättänyt. Siirryin toisen moisen materiaaliin, eksymällä kyseenalaisille sivuille. Siellä materiaali meni liian kyseenalaiselle suunalle, mutta siihen aloin vetämään. Siinä ei kauan mennyt kun laukesin yhteen hahmoon.

- Millaiseen hahmoon?

Soittaja: Hahmo näyttää tytöltä, mutta se onkin mies. Niissä hahmoissa oli jotain, joka sai minut koville. Pitkästä aikaan sain elämäni laukauksen, joka tuntui hyvältä. Samalla tuli sellainen olo, että mitä helvettiä tuli tehtyä? En ole homo, mutta sellainen fiilis tuli.

- Sitä kutsutaan biseksuaalisuudeksi.

Soittaja: En ole sellainen.

- Tarvitset uutta materiaalia tai menettää neitsyytesi. Tämä ongelma voi olla ikääntyminen ja halua kokeilla jotain uutta. Oletko neitsyt?

Soittaja: No... olen.

- Neuvoni tähän on selvittää, että pitääkö joku sinusta työpaikalla tai ostaa ammattilaiselta seksiä.

Soittaja: Auttaako se varmasti ongelmaani?

- Ainakin se auttaa selvittämään missä se ongelma luuraa. Onko ongelma siinä, että haluaa läheisyyttä vai tarvitseeko uutta harrastusta. Haluaisin myös muistuttaa että animessa hyvän näköiset hahmot ovat myös alaikäisiä ja tunnetuimmat ovat myöskin alaikäisiä.

Soittaja: En minä mikään pedofiili ole!

- Tunnustit kuitenkin runkanneen johonkin kyseenalaiseen materiaaliin. Minun korvalle se kuulostaa olevan joko eläin tai alaikäistä paskaa. Siksi kehotan mennä huoriin. Haloo?

Ensimmäinen pettynyt soittaja. Halusi apua ja annoin omat neuvoni. Näissä hommissa en ole sinänsä hyvä. En ole seksuaaliterapeutti enkä sateenkaari ammattilainen. Tiedän mitä manga pornoissa on ja materiaali voi järkyttää ei mangan ystäviä. Itse en sinänsä välitä.

Työkaveri oikealla: Tuosta puhelusta tulee varmaan sanomista.

- Luuletko niin?

Työkaveri oikealla: Varmasti. Mennäänkö tauolle?

Vierinen kaveri on vain viikonloppuisin töissä, mutta tulee tekee halutessa ylimääräistä vuoroa. Kaveri oli somalialainen, mutta syntynyt Suomessa. Hän otti nimekseen Zeila. Pelattiin biljardia ja tulen uteliaaksi.

- Miksi nimi Zeila?

Zeila: Vanhempani olivat kotoisin sieltä. Tunsivat toisiansa pitkää ja karkasivat yhdessä sotaa. Olivat onneksi lähellä rajaa ja pääsivät nopeasti Eurooppaan.

- Suomi tavoitteena?

Zeila, tekemässä Uuno Turhapuro temppua biljardikepin kanssa: He halusivat Ruotsiin, mutta pitivät Suomen säästä enemmän. Nopeasti saivat luvat olla maassa ja olivat valmiina menemään töitten ääreen. Silloin oli lama, haasteita se toi eteen. Molemmilla oli ahkera asenne, he eivät luovuttaneet ja saivat lama-aikana töitä. Äiti meni siivous hommin, kunnes isä meni pesulaan. Laman päätyttyä, molemmat ryhtyivät yrittäjiksi, samoilla aloilla jota saivat.

- Oletko itsekin yrittäjä?

Zeila, joka johti biljardi matsia sen Turhapuro kikkailuilla: En sinänsä, mutta sijoittelu kiinnostaa. Koulussa minua kielet ja kulttuuri houkuttelivat, joten lukiosta ryhdyin kääntäjäksi. Ei ollut sitä mitä odotin. Käänsin joitain teoksia englanniksi ja ollut tulkkina tapahtumissa, ne olivat hyviä kokemuksia.

- Mikä teki harmia?

Zeila, joka ei millään lopeta sen Turhapuro kikkailuilla: Jouduin olemaan rikollisten kääntäjinä. Melkein kaikilla oli sama rikos ja samat valheet. Alkoi mennä hermot siihen. Oikeussalissa kääntäjä nähdään olevan aina rikollisen puolella. Vaikka niistä tuli hyviä rahoja, päätin että minulle se riitti. Opiskelen nyt humanitaarista alaa, näillä näkyvin ryhdyn tutkijaksi. Voitin!

- Ensi kerralla minä aloitan.

Käveli takaisin työpisteelleni, menemällä Las Vegasin ohi.

Las Vegas: Onko kahvikuppini pöydällä.

- Anteeksi?

Las Vegas: Onko kahvikuppini pöydällä?

Kahvikuppi oli pöydällä, hänen oikealla.

- Oikeallasi.

Las Vegas: Pystyisitkö kertomaan kellonajan tarkkuudella?

- Noin kello kaksi.

Las Vegasin oikea käsivarsi meni suoraan kahvikupille. Hän ei sinänsä ottanut katsetta pois minusta.

- Oletko sokea?

Las Vegas: Näkövammainen, näen erittäin huonosti ja eri tavalla. Sokeus ei tähän liity. Kiitos kun autoit.

- Ole hyvä.

Se selittää miksi se on niin keskittynyt työntekoonsa, ihmettelikin kun hänellä pöydällä oli näppäimistö vailla kirjaimia. Istahdin omalle työpisteelleni ja pyörittelin pöytäpuhelimen numerokiekkoa. Ihme vintage haahuilua, vaikka onkin yhdistetty älypuhelimeen. Näkövammasta huolimatta, Las Vegas oli aika mukavan tuntuinen. Ehkä se pitää minusta. Kukaan ei nykyään kehtaa pyytää minulta apua tai opastusta, sillä mainetta on. Kun jakelin lehtiä, yksi asukas

33

närkästyi ja nolasi minua vain sen takia, kun ovessa sen "ei mainoksia kiitos" kyltti oli tipahtanut alas. Hän nolasi väärää kaveria ja ensiavun väki sen tiesi, miksi kaverilla oli leuka murtunut. Katos, puheluita saatavilla.

- Auttava Linja Minnesota.

Soittaja: Se on Annika.

- Hei Annika.

Soittaja: Minulla on tilanne päällä.

- No kerro.

Soittaja: Katos kun minun siskoni ja minulla on nyt erittäin huonot välit. Niin huonot, että hän pisti Facebook kaveruutemme irti.

- Mitä tapahtui?

Soittaja: Juttu on näin, että siskoni asuu rivitalossa, joka on muutenkin epäreilua. Se on työtön ja muutenkin tyhmä. Hänellä on pieni pihanurmikko, josta hän joskus leikkaa ruohoa. Siis aina vain leikkasi ruohoa. No nyt se päätti, että se haluaa pistää puutarhan pystyyn.

- Mistä se riita syntyi?

Soittaja: Siskoni oli päättänyt tilata puutarhalehden, jolla hän aikoo pistää pihansa kuntoon. Sanoin sille, että ei millään lehdillä sitä pistetä kuntoon vain käsin. Hän uhkasi jo perheterapialla.

- Oletko tosissasi?

Soittaja: Minua on järkytetty näinä lähiaikoina, sillä minulla on toinenkin ongelma.

- No kerro.

Soittaja: Mieheni kaveri tuli kylään ja sanoi "puhutaan sinun tyydytys ongelmistasi". Herranen aika, siis minun... Miten minulla voi olla tyydytys ongelmia kun miehelläni ei seiso.

Soittaja taustaääni takaa: Puhutaan nyt mistä vaan!

Soittaja: Ensin siskoni uhkaa katkaista välit puutarhalehden takia ja nyt minua syytetään mieheni erektiohäiriöstä...

Suljin luurin. Tänään on Keskiviikko ja pikkulauantai ei ole vielä virallisesti alkanut. Mistä helvetistä tulivat nämä puhelut?

5

Heräsin taas ajoissa. Ennen nukuin ongelmitta halutessani koko päivän. Nyt herään ennen herätyskelloani. Aamupalana oli kahvi, mutta nyt myslin kanssa. En ole pitkään aikaa syönyt mysliä. Kaadoin sekaan jogurttia, en muista milloin söinkään sitä. Ensimmäistä kertaa olut ei maistunut aamulla. Päässäni kulki ajatus Las Vegasista. En tiedä miksi, mutta luulen että hän pitää minusta. Vai pidänkö minä hänestä? Viimeksi kun kerroin jollekin, että oli tunteita jotakuta kohti, sain pakit. Olin liian hyvä ensimmäiselle. Ehkä tämä ajatus katoaa tämän päivien puhelinsoitoilla.

Istuin ratikalla, enää pari pysäkkiä. Matka sai yllättävän käänteen, sillä lensi istumapaikaltani maahan. Ratikka oli tehnyt aikamoisen äkkijarrutuksen kaatamalla muitakin matkustajia alas.

Kuljettaja kuulutuksessa: Hyvät matkustajat, pahoittelen äkkijarrutusta. Vaihde ei ole vaihtunut toiselle suunalle. Pahoittelen viivästymistä.

Kuljettaja avasi etuoven auki ja pomppasi ulos jonkun keltaisen kahvan kanssa. Vilkaisin etuikkunasta ulos, näkemällä kuljettajan vääntävän keltaista kahvaa oikealle. Kuljettaja vilkaisi maahan ja juoksi takaisin ratikan luokse. Kuljettajan hypättyä takaisin kyytiin, matka jatkui. Kukaan ei näyttänyt välittäneen äkkijarrutuksesta, paitsi se mamma joka kiroili ruotsiksi luettuaan suomenruotsalaisten Helsinkien Sanomaan. Voisinko pyytää sairaslomaa tästä äkkijarrutuksesta?

Istuin tyhjällä katseella työpisteessäni, miettimällä yhä sitä sairasloma juttua. Tablettiin ilmestyi puhelu, jonka sain napattua:

- Auttava Linja Minnestoa.

Soittaja: Voinko olla anonyymi puhelun aikana?

- Onnistuu se.

Soittaja: Hyvä. Onko vtuber sinulle tuttu termi.

- Onhan se, itsekin seuraan pari jotka viihdyttävät mukavasti.

Soittaja: Hienoa, eli voin avautua. Ennen sitä, on parempi että kerron taustastani. Olen nainen, joka osaa viihdyttää. Lapsena olen ollut aina huomionkeskipisteessä. Taustallani on teatteria, ääninäyttelyä ja musiikillista lahjakkuutta. Lukiossa vedin monta L-arvosanaa ja matalin oli M.

- Kuulostat aika lahjakkaalta mimmiltä.

Soittaja: Sitähän olin. Elämä sai kuitenkin rajun käänne kohdan. Jouduin liikenneonnettomuuteen. Sillä päivällä menetin molemmat jalkani, loppuelämän istun rullatuolissa.

- Ymmärrän tuskasi.

Soittaja: En kuitenkaan halunnut masentua, vaikka sitä oli ilmassa. Aloin etsiä uusia tapoja ilmaista itseäni. Maalaaminen ja kirjallisuus veti mukanaan, mutta tunsin oloni yhä tyhjäksi. Joten aloitin ensin tubettamalla, mutta en tuntenut saavani niitä tuloksia mitä halusin.

- Alat muistuttamaan yhtä jota taidan itse asiassa seurata. Koska puhelussa on luottamusta, en ryhdy arvelemaan.

Soittaja: Yhtenä päivänä sain erikoistarjouksen liittyä osaajaa ryhmään, joka tekee livelähetyksiä. Ei tavallisia livelähetyksiä, vaan virtuaalihahmon voimin. Ajatus kiinnosti ja suostuin kokeilemaan. Tällä hetkellä teen kokoaikaisena virtuaalitubettajan hommia Snowy Wolf-hahmona.

- Älä suutu, mutta tunnistin äänestä.

Soittaja: Ei se mitään, nyt tiedät vain tubettaja nimeni.

- Olet yksi menestyneimmistä, mikä on vaivana?

Soittaja: Kuten tiedät, viime vuonna paljastin katsojille että olen rullatuolissa. Vähäsen perustietona, kun pyysin lahjoituksia uutta sänkyä varten. Heidän ansiota sain kerättyä varat tunnin sisällä. Paljastuksen jälkeen tunnen saaneeni hyvät yhteydet katsojiini, tuntemalla perheen netissä.

- Onko katsojat alkaneet olemaan ongelma?

Soittaja: Siksi soitin. Siitä lähtien kun paljastin olevan rullatuolissa, fanit alkoivat olemaan kuin ylisuojelevat vanhemmat. Viime aikoina ystävystyin upeaan ihmiseen, joka on aina minun lähetyksissäni. Hän tietää kuka olen oikeassa elämässä ja tapailemme myös lähetyksien ulkopuolella.

- Onko kyseessä se kaveri jolla on oma podcast ja ei ensin ihannoinut virtuaalityttö striimaajia?

Soittaja: Juuri hän.

- Tehän sanotte aina katsojille, että olette pelkkiä ystäviä. Vaikka olette yksi paritetuin kaksikko internetissä.

Soittaja: Shipattu ja 34 säännön haetuin tulos. Fanien reaktiot ovat nyt alkaneet olemaan liian ristiriitaisia. Jotkut menevät klikkiotsikko videoihin muistuttamaan tilastani ja niin edespäin. En välittänyt kommenteista, kunnes joku kirjoitti chattiin suoraan että en tule ikinä harrastamaan seksiä.

- Tuo on paska puhetta. Nämä fanit eivät tunne sinua, vaan tuntevat virtuaalianimehahmosi. Katsojasi eivät voi päättää miten elämäsi rullatolissa menee, ainoa juttu jonka ne voivat tehdä on tukea sinua taloudellisesti. Neuvoni on olla suorastaa välittämättä niistä idiooteista. Onko muuten ystävyytesi jätkän kanssa kärsinyt? Vai onko se enemmän kuin joku ystävyys?

Soittaja: On se enemmän kuin pelkkää ystävyyttä. Suunniteltiin virallista tapaamista kasvotusten, mutta sitten se pandemia alkoi. Se siirrettiin yhteisymmärryksellä. Hänen ansiota, selvisin sen typerän vuoden vahvana, enkä tuntenut yksinäisyyttä.

- Kuulostat sillein että teillä meni sukset ristiin.

Soittaja: Ei sinänsä, mutta viime aikoina hän oli kiireinen omien asioitten kanssa.

- Kerro sille suoraan pitää ainakin yksi viikko tyhjänä almanakassa. Nyt on mahdollisuus tavata elämäsi tärkein ihminen. Katsojat eivät sitä tarvitse tietää. Heille voitte pitää sen "hyvät ystävät" harhautuksen,

sillä julkinen suhde päättyy aina pahasti. Hyvä
esimerkki nimeltä Hollywood.

Soittaja: Sitä juuri mietittikin.

- Nyt suosittelen soittaa tai viestitellä heti tapaamista.
Silloin selviää, onko ne sukset ristissä vai ei.

Soittaja: Taidan niin tehdä. Kiitos kun kuuntelit narinaani.

- Oli kiva auttaa.

Soittaja: Aaoooh!

Ensimmäinen puhelu joka päättyi ulvontaan, nyt voi mennä
tauolle. Taukohuoneessa oli Nebraska, syömässä salaattia
jääteen keralla. Itse sekoittelin kahvia, valmiina upottamaan
munkkini siihen.

- Oletko muuten eläkeläinen.

Nebraska: Olenhan minä.

- Oliko eläkepäivillä tylsää.

Nebraska: Ei sinänsä, tekemisen puutetta. Ammatiltani olin
lentäjä, lentänyt Finnairille ja muille firmoille. Matkustajia ja
rahteja. Elämäni aikana näin paikkoja ja kulttuureja, hyvinä ja
pahoina aikoina. Niistä ainakin selvisi minne viedä perhe
matkoille.

- Eikö lentäjän työ aiheutakaan harmeja perhe elämälle?

Nebraska: Aiheuttaa se, jos ei ole itse yhteyksissä. Lapseni
pistivät minut tähän Facebookiin kun se ilmestyi. Ennen näitä
medioita, olin aina kortti ja puhelinyhteyksissä. Vaimoni jaksoi

40

kuten lapset, sillä yhteydet pysyivät. Moni kollegani kärsi avioeroista ja se näkyi heidän työssä.

- Milloin siirryit eläkkeelle?

Nebraska: Kun pandemia alkoi. He olisivat pitäneet minut, mutta ikää oli sen verran että suostuin eläkkeelle. Jos olisin jäänyt, kaksi nuorta olisi saanut kenkään.

- Järkevä päätös, kun miettii sitä sekoilua.

Nebraska: Pysyin ensin kotona vaimoni kanssa ja opin käyttämään tietokonetta. Videopuhelut ovat hieno tapa olla yhteyksissä. Molemmilla lapsillani töitä onneksi riitti, kuten osakeostot.

- Osakeostot, ovatko he businessmiehiä?

Nebraska: Yksi lääkäri, toinen hammaskirurgi. Molemmilla lapsia. Päätin kokeilla sijoitteluilla, mutta se tuli tylsäksi. Käytän ohjelmaan, jolla olen kopioinut lasteni sijoitukset. Aina kun yksi sijoittaa, minäkin sijoitan jos painan "hyväksyn".

- Oliko nämä ajat hankalia?

Nebraska: Ei sinänsä, kun on ollut paljon etäinen perheestä se ei sinänsä pahalta tuntunut. Onnistuin näyttämää maailmaa lapsille ja vaimolle, antamalla heille rikkaan elämänkokemuksen. Heille nämä ajat eivät satuttaneet. Lapsenlapset osaavat olla tietokoneella, heidän sosiaalinen elämä ei sinänsä saanut pahoja lommoja. Heidän kautta kuitenkin kuulin, miten rajoitteet ovat aiheuttaneet muille.

- Surullista se taisi olla.

41

Nebraska: Kaikki joutuivat äärirajoille lähiaikoina. Eilen kaikki oli normaalia, kunnes seuraavana päivänä normaali katosi. Tunsin, että ihmiset tarvitsivat apua henkisesti. Siksi otin tämän paikan vastaan, kun haku oli avoinna. Puhuminen on paras lääke, kun mieltä painaa. Millaisia puheluita olet saanut?

- Tavallisia ongelmia ja mahdollisesti pilapuheluita.

Nebraska: Tuliko sinulle sellainen puhelu, että soittaja uhkaa ottaa henkensä?

- Ei ainakaan vielä, tuleeko sellaisiakin?

Nebraska: Silloin tällöin tulee, tiedätkö mitä tehdä sen asian eteen?

- Onko siinä joku käytäntö?

Nebraska: Eikö Ulrich näyttänyt mitä tehdä?

- Juu ei näyttänyt.

Tauon jälkeen Nebraska tuli minun työpisteelleni näyttämään jotain tabletista. Nebraska avasi sovelluksen, joka näytti joltain mitä hätäkeskuksessa käytetään.

Nebraska: Tämä on sama ohjelma jota käytetään hätäkeskuksissa. Tämä sovellus on estänyt itsemurhien tapahtumia puhelimen sijaintiavulla.

- Kuulostaa laittomalta.

Nebraska: Jokaisen puhelimessa löytyy se 112-sovellus, tämä ohjelma jäljittää sen sijaintitiedot. Kun se jäljitti, painat jotain noista logoista: poliisi, ambulanssi tai palokunta. Se viesti menee lähempään yksikköön, joka lähtee heti sijainnille tiedotteen keralla. Virkavalta tietää mistä hälytys tulee.

- Syy tällaiseen oli?

Nebraska: Pandemia sai kaikki pasmat sekaisin, jopa hätäkeskuksessa. Me oltiin pieni auttava käsi hiljaisille.

- Eli jos puhelimella ei ole 112-sovellusta...

Nebraska: Monen puhelimessa on sijaintipäällä, sovelluksella tai ilman. Näin vanha työkaveri mainosti.

Siinä jäin tuijottamaan Nebraskan mainostamaan sovellusta. Nykyaika on todella pelottava. Se on kivaa, että löydät tarvitsemat dokumentit taskusta ja pääset maksamaan laskut puhelimella. Mutta tämä, ei jumalauta. Tämä menee niin Orwellilaisuuden tielle, vaikka en tiedä mitä se tarkoittaa. Ainoan kirjan jonka selailin kaverilta oli se maanviljelijän kapitalismi. Itsekin uskon tämän Orwellin nimen käyttöä pelkäksi populismiksi. Jaa, puhelu saapui. Testataan tätä sovellusta. Jaa se löysi sijainnit, vaikka en vielä vastannut. No otetaan tämä puhelu Jyväskylästä.

- Auttava Linja Minnesota.

Soittaja: Liisa tässä hei.

- Päiviä.

Soittaja: Onko teille tullut paljon puheluita piikeistä?

- Riippuu mikä piikki, ensimmäinen päivä.

Soittaja: No voin aloittaa. En ole ottanut Korona-rokotetta ja tunnen olevani syyllinen.

- Millainen syyllisyys?

Soittaja: Kokemuksien syyllinen. Muistat varmaan sikainfluenssan?

- Juu muistan, aina piti pestä käsiä.

Soittaja: Taisit varmaan ottaa piikin?

- Silloin otin, jotta saisin perjantain vapaaksi koulusta.

Soittaja: Taidat tietää näistä narkolepsia tapauksissa.

- Todellakin, saitko itse narkolepsian?

Soittaja: Päinvastoin. Pahempaa.

- Olen kuulolla.

Soittaja: Kun sain sen piikin sikainfluenssalle, yöunet lähtivät. En saanut nukuttua. Kroppaa väsytti, mutta en millään saanut nukuttua. Kävin lääkereille, saamalla unilääkkeitä jotka eivät saaneet minua nukahtamaan. Lääkärit eivät osanneet auttaa minua ja luulivat minua hulluksi. Olin joutunut terapioihin ja niistä ei ollut mitään tulosta. Kunnes kävi tuuri ja lääkäri Helsingistä kiinnostui tapauksestani. Hän teki pari laboratoriotestiä ja löysi syyn unettomuuteni. Harvinainen sairaus, jolla on lääke olemassa. Kroppani oli lopettanut tuottaa unen tarvetta. Nyt lääkityksellä saan nukuttua, vaikka joudun pitää päiväunet.

- Lääkäri epäili piikin aiheuttaneen sen?

Soittaja: Kyllä, mutta mitään tutkimusta ei tehty. Eikä aloitetta pandemian takia. Minulla on epäilyksiä tämän piikin suhteen. Tunnen että minua tulla syyttämään sen ottamattomuudesta.

- Se on massahysterian syytä. Kun kaikki alkoi, kaikki uutiset lässyttivät tästä kuin ei olisi huomista. Pistivät laskureita ja määräilivät mikä on oikeaa sekä väärää. Nyt siitä ei puhuta enää sodan takia, sillä sota tuottaa klikkauksia.

Soittaja: Klikkauksia?

- Monet uutistoimistot elävät mainostulojen varassa. Lehden etusivu voi mennä 50000€ summille. Se on lopulta sinun päätös, kukaan ei voi määrätä mitä ottaa väkisin. Jos joku haluaa siitä puhua, kerro avoimesti mitä sinulle tapahtui. Jos joku saa siitä psykoosi kohtauksen, se henkilö oli liikaa internetissä. Minun mielestä et ole syyllistynyt mihinkään. Onko olo parempi?

Soittaja: On, kiitos. Kiitos että kuuntelit.

- Eipä kestä.

6

Heräsin nyt 7:00, ei enää väsyttänyt. Eilinen puhelu jäi mieleen, toi muistiin viime aikojen menoista. Jos olisin puhunut noista asioista avoimesti niinä aikoina, olisin syyllistynyt propagandan levittämiseen ja venäjämielisyyteen. Onneksi aika muuttui pikkasen, vaikka huomio vei tämän kriittisyyden muualle.

En jaksanut olla kotona, joten päätin aloittaa työ aikaisemmin. Ulrich ei vastannut vielä puhelimeensa, mutta olin jo ratikan kyydissä. Onneksi ratikan aikataululle oli tullut muutosta. Joku ei osannut tasku parkkeerata Mersunsa, sillä oli liian lähellä kiskoja.

Ratikan kuulutus: Hyvät matkustajat. Väärin parkkeeratun auton seurauksena, matkamme viivästyy toistaiseksi kunnes siirtäjät tulevat paikalle. Ratikasta voi poistua etuovesta, metroasemalle pääsee menemällä vasemmalle.

Minulla ei ollut sinänsä mitään kiirettä, jäi seuraamaan siirtoa. Jonkinmoinen paloauto saapui paikalle. Ne olivat siirtäjät, kun Mersu kiinnosti heidän näkökenttää. Puhelin alkoi soida.

- Haloo?

Ulrich: Huomenta, soitit?

- Niin soitinkin, saanko aloittaa aikaisin tänään?

Ulrich: Siitä vaan, milloin saavut toimistoon?

- En tiedä, ratikka on jumissa, kun Mersu ei osannut parkkeerata. Hetkinen, Mersun omistaja saapui paikalle.

Se huutaa jotain siirtäjiä päin. Auto oli jo siirretty ja jotain hänelle ojennettiin. Nyt se Mersu kuski kävi siirtäjän kimppuun. Otan metron, ehkä klo 9 aikaan toimistolla.

Olin toimistolla, kello 8:45. Tuijottelin paikannus ohjelmaa ja muistin sen striimaajan, joka mainosti sitä kasinoa. Rahaa menetin, mutta striimaaja ei. Sain idean, jonka halusin toteuttaa. Sen pitää olla salainen, enkä saa herättää liikaa huomiota siitä. Pidän nyt matalaa profiilia, aloittamalla työn teon vastaamalla ensimmäiselle puhelulle:

- Auttava Linja Minnesota!

Soittaja: Se on Annika tässä hei!

Ei saatana, se puutarhalehti sekopää.

- Hei Annika.

Soittaja: Soitin teille tuossa viime päivällä ja linja katkesi.

- Onko teillä prepaid?

Soittaja: On.

- Siinä se syy.

Soittaja: No joka tapauksessa, minulla on ongelma.

- Kuulolla.

Soittaja: Minun siskoni on idiootti. Hän on nyt päättänyt pelastaa maailmaa hankkimalla sähköauton.

- Ainakin säästää bensasta.

47

Soittaja: Eikä säästä. Sähkönhinta on nyt korkealla ja monet latauspisteet ovat alkaneet laskuttamaan asiakkaita. Kohta lataushinnat ovat samoissa summissa kuin bensiinin hinta. Sanoin siskolle, että hänen taloussuunnitelma kusee ja hän syyttää minua ilmastotappajaksi! Siis jumalauta! Minä välitän enemmän luonnosta kuin hän...

Tämä Annika oli pakolla oltava joku pilasoittaja, katkaisin puhelun välittömästi. Kirjoittamalla puhelinnumeron ylös mustalle listalle, Nebraska ilmestyi viereen.

Nebraska: Onko sinulla viikonloppuna tekemistä?

- Ei sinänsä mitään.

Nebraska: Oletko hyvä valokuvien kanssa?

- Jonkin verran.

Nebraska: Kiinnostaisiko sinun tulla valokuvaajaksi pienelle perhetapahtumalle? Tehtäväsi olisi ottaa valokuvia tapahtuman kulusta. En sinänsä pyydä tehdä sitä ilmaiseksi, lapseni ovat valmiina maksamaan.

- Paljonko?

Nebraska: Noin 2000€, käteen.

Pienilisä palkalle, eikä verottajan tarvitse tietää mistä setelit tulivat.

- Juu onnistuu.

Nebraska: Hienoa! Kuvat otetaan tällä digikameralla, voit palauttaa sen lauantaina.

48

Nebraska pisti pöydälle vanhanajantyylisen digikameran pöydälle. Digikamera oli sellainen mitä turistit käyttävät. Kivan tuntuinen oli kädessä, kyllä sillä sai kivoja kuvia aikaiseksi. Nyt hommien äärille, tuli puhelu.

- Auttava Linja Minnesota.

Soittaja: Se on Minna, minulla on paha olla.

- Olen kuulolla.

Soittaja: Pilasin kaiken, ihan kaiken. Elämäni, ystävyyden ja tuntemattoman elämän.

- Mitä jos aloittaisit ihan alusta.

Soittaja: Ala-asteella tein upeita ystäviä. Jaettiin salaisuuksia ja kaikkea. Yläasteella pysyttiin yhdessä ja kaikkea. Nyt on kaikki pilalla. Lukiossa pojat alkoivat kiinnostaa, mutta kiinnostuin samaan poikaa jota kiinnosti parasystäväni. Minä olin kuitenkin ensin suhteessa.

- Tuliko kolmiodraamaa?

Soittaja: Pettämistä. Kundi salaa tapaili ystävääni Facen kautta. Olin pelkkä harjoittelu, kertakäyttö.

- Seurustelu voi olla turhauttavaa joskus.

Soittaja: Kostin pettämisen.

- Ja miten kostit?

Soittaja: Alueella on tämä yrittäjä, joka iskee joka ikiseen nuoren tytön kanssa. Menin Instaan ja pistin sanan eteenpäin.

- Mitä menit sanomaan?

Soittaja: Väitin, että ystäväni myi persettä sille yrittäjälle.

Vaikka olen tietoinen, miten nämä nettidraamat menevät, aistin että puhelu muuttuu vakavammaksi.

Soittaja: Sana kulki ja väitteisiin uskotiin. Ystävälläni oli rahaa kun hän on varakkaasta perheestä. Siihen aikaan hän osti tosi paljon vaatteita, joten siksi väitteisiin uskottiin. Lukiossa kaikki alkoivat vältellä häntä ja suhde siihen poikaan päättyi riitaisaksi. Itse yrittäjä joutui pahoinpitelyn kohteeksi.

- Ei ihme.

Soittaja: Älä syyttele!

- Vaikea olla tunnustuksen jälkeen.

Soittaja: Jäin siitä kiinni. Yhtenä päivänä ratikassa alkoivat kuulustelut.

Kuulostaa vähän tutulta.

Soittaja: Hirveää vaatimuksia ja kysymyksiä, että tipuin istumapaikalta. Kuulustelut jatkuivat lukiossa, joka muuttui käsirysyksi.

- Kuka voitti?

Soittaja: Lukion opettajat tulivat väliin ja jouduttiin puhutteluun. Minut erotettiin.

- Määräaikaiseksi?

Soittaja: Kaikki on pilalla. Ystävyyteni, rakkaus ja elämäni. Nyt olen päättänyt pistää lopun tuskalle.

- Mitä tarkoitat?

Puhelimesta kuullen ikkunan aukeamisen, pöydän narinaa ja tuulta. Kuulemalla taustalta jonkun huutoa, päätin kokeilla Nebraskan mainostamaan ohjelmaa. Sain jäljitettyä puhelun sijainnin ja valitsin poliisit. Sain vaihtoehtoja syiksi, valitsin itsemurhayrityksen. Kartta aukesi ja näytti lähemmän olevan partion. Onneksi lähellä, mutta minun piti pitää linjakuumana partion saavuttua.

- Oletko varma päätökselläsi?

Soittaja: Olen.

- Voi harmin paikka, todistit syyllisyytesi.

Soittaja, jolla tasapaino meinasi pettää: Minä se uhri olen!

- Niin oletkin, mutta teit sen virheen nimeltä kosto. Pilasit kahden ihmisen elämän.

Soittaja, jonka puhelimessa kuului tuulen puhalluksen voimistuvan: Mikä ihmeen auttava linja tämä on?

- Sellainen, joka yrittää estää typerän päätöksen ja antaa järkeä sinun touhulle. Syyllinen tässä tapauksessa on se poikaystäväsi. Se käytti sinua päästääksesi ystäväsi luokse, mutta päätit kostaa väärälle taholle. Kostit ihmiselle jonka tunsit ala-asteelta ja pervoyrittäjää, joka minun mielestä ansaitsit turpakäräjät. Miksi et kostanut suoraan poikaystävää?

51

Vilkaisin sovelluksen karttaa, näkemällä poliisin saapuneen.

Soittaja: Tämä oli salaliittoa minua vastaan!

- Tuohon en usko. Se mitä tapahtui oli sinun sanojesi mukaan testikäyttö, eli se tyyppi oli pelkkä kusipää joka ei välitä muusta kun itsestään. Sinulla oli vielä tunteita häntä kohti ja päätit kaataa kaiken paskan ystäväsi niskoille. Nyt jäit kiinni siitä ja päätit olevan tilanteen uhri. Nyt ajoit itsesi tilanteeseen, että et halua ottaa vastuuta teoistasi. En tiedä mitä yksityiselämäsi tähän sekoiluun reagoitiin, mutta arvaan pahasti kun uhkaillaan hengen ottamisella. Arvaa mitä, annan päätöksen teon sinulle. Jos hyppäät, sinua tullaan muistamaan syyllisenä kahden elämän pilaamiselle. Jos päätät olla hyppäämättä, olet ottanut vastuun tekosistasi. Minä en päätä, valinta on sinulla.

Nyt odottelin ja jäin kuuntelemaan puhelua. Kuulin ihmisten huutavan järkeä, mutta kuulin myös jotain muutakin mitä en osannut kuvailla. Luotin sovelluksen kartan tietoihin ja odotin onnellista loppua. Ohikulkijoitten huutelu vain koveni ja tuuli näytti rauhoittuneen.

Soittaja: Olen tehnyt pää…

Soittajan taustalta: Poliisi! Tule alas!

Jonkinmoista painimista ja vastustelua ulvoi luurille, muuttumalla voimakkaaksi tuulen puhallukseksi. Puhelu katkesi pamaukseen. Taidan ottaa loppupäivän vapaaksi, toimistolla sain vähäsen vihaisia katseita.

7

Olin bussin kyydillä, kohti Nebraskan palkkaamalle tapahtumalle. Luin puhelimesta uutisia, jossa oli eilinen puhelinsoittoni. Poliisi ehti ajoissa repimään hyppääjän pois ikkunasta, mutta puhelin oli tipahtanut alas. Pahemmalta oli vältytty. Uutisessa mainittiin myös firma jossa olen hommissa, sai Ulrich minun ansiota ilmaista mainosta.

Astuin ulos bussista ja vieläkin en uskonut mihin olin joutunut. Honkanummen hautausmaalle. Taisin aavistaa mikä oli perhetilaisuus, sillä kappelin luona oli väkeä. Nebraska oli siellä ja tuli vastaan.

Nebraska: Tulit hyvissä ajoin.

- Otin ensimmäisen bussin, onko täällä hautajaiset?

Nebraska: Kyllä.

- Miksi et sanonut heti tapahtuman olevan hautajaiset?

Nebraska: Koska olisit kieltäytynyt.

- No tottahan se.

Nebraska ohjasi minut kappelin sisälle. Käveltiin muitten vieraitten ohi, jokaiselle annoin osanotot. Aistin surua ilmassa, mutta tunnelma tuntui erilaiselta. Kapellin sisällä arkku oli auki ja ainoa valo tuli katolta. Arkun sisällä makasi hyvin puettu vainaja, josta oli pidetty hyvää huolta. Hattu oli kuin kuningattaren kruunu, joka antoi ruumiille hymyn huulelle.

Nebraska: Siinä makaa siskoni. Eli upean elämän, nukkui rauhassa pois sairauden uuvuttamana.

- Älä suutu kun sanon tämän, et näytä surulliselta.

Nebraska: Itketty on, ei sitä tarvitse uudelleen kostuttaa silmiä. Siskoni uskoi elämän olevan arvokasta ja uuden päivän tuovan aina uutta menoa elämälle. Hän onnistui kirkastamaan jokaisen ihmisen mielen, kuten nytkin. Ota kuvia tästä.

Aloin ottamaan kuvia. Ensin otin yleiskuvan, sitten lähikuvan arkusta ja puolikuvan. Jotenkin tuli nekrofiilinen tunnelma, ottamalla kuvan vainajasta. En ole ikinä kuullut, että kuvia olisi otettu myös arkun vainajasta. Hautajaisissa missä olin arkku oli suljettu, jonka päälle kukkia heitettiin. Näkee selvästi, että nämä hautajaiset haastavat perinteitä.

Noin 15 minuutin kuluttua alkoivat viralliset hautajaiset. Osallistujat istuivat vasemmalla olevissa penkeissä. Itse istuin omassa tuolissani oikealle, ottamalla yleiskuvaa arkun lähistöstä ja osallistujista. Papin tultua, rapsaisin lisää kuvia. Tämä digikamera on oikeastaan ihan hyvä. Pappi alkoi puhua ja istuin paikoilleen. Tylsyys iski. Olisin ottanut lisää kuvia, mutta en viitsi ottaa samoja kuvia. Yritin pysyä hereillä ja kunnioittavainen, sillä tunsin jonkun vieraan vilkaisevan minua päin. Tuli mieleen se kerta kun olin katolisessa kirkossa, polvet paskana ja polvityynyt polvistumiselle eivät auttaneet ollenkaan.

No niin, nyt he jakelevat kukat arkulle. Löysin sopivan kulman ottamaan kuvia, jossa arkku ja ihmiset näkyvät hyvin. Uudessa kuvassa, kukkien määrä vain lisääntyi. Kun viimeinen jakoi kukat, nousi asennostani pois törmäämällä takana olevaan jättikynttilään. Sain kynttilästä onneksi kiinni, mutta palanen yläosasta irtosi. Sain napattua tippuneen palasen käsiini ja pappi ei onneksi huomannut mitään. Pistin palasen takaisin kynttilän yläosalle, huomaamalla siinä olevan vuosiluku 2023. Näihin ne kirkkoverorahat menivät, halpoihin isoihin kynttilöihin.

Hautausseremonian jälkeen, tilaisuus siirtyi kappelista pieneen kahvilaravintolaa, jossa oli vuokrattu tila. Me saatiin puolet salista, toinen puoli meni toiselle ryhmälle. Pöytä oli katettu. Kahvia, virvoketta, keksejä sekä kakkuja, kerma ja voileipä muodossa. Sain osallistua tilaisuuteen kiitoksena ja lisänä, otin voileipäkakkua ja Colaa. Tilaisuus ei enää tuntunut hautajaismaiselta, vaan iloiselta perhekokoukselta. Kaikki juttelivat keskenään, nuoret tekivät omia juttuja ja seniorit hymyilivät. Suurena yllätyksenä joku toi radion CD-soittimella, johon pistettiin juuri levy pyörimään. Radion kaiuttimista alkoi soimaan harmoniikkamusiikkia.

- Mikä juttu?

Seniori, joka istui vieressä: Viimeisenä toiveena oli toivottu, että hautajaisissa ei itkettäisi vaan nautitaan yhteisestä hetkestä. Hän piti iloisesta musiikista.

Musiikki toi tunnelmaa, joka ikävä kyllä kuului myös toiselle puolelle. Tilat oli jaettu paksulla seinämäisellä verho-ovella, josta toisen puolen osapuoli marssi raivoisaan sisälle. Se suuntasi suoraan radiolle, sammuttamalla sen.

Raivoisa heppu: Hävetkää! Etteko tajuaa, että täällä yritetään surra?

Kaikkien huomio siirtyi riehujan suunnalle, itse söin kakkua jossa oli lohta.

Raivoisa heppu: Teidät pitäisi heittää pihalle!

Nebraska, joka päätti puuttua tilanteeseen: Me maksettiin tästä tilasta...

Raivoisa heppu: Ole hiljaa! Te teitte jo liikaa harmia seremoniallemme. Pyydän teitä poistumaan.

Nebraska: Meillä tämä on varattu kahdeksi tunniksi.

Raivoisa heppu: Ja se meni, häipykää!

Nebraska: Voimme olla soittamatta musiikkia.

Raivoisa heppu: Sinua pitäisi kohta soittaa!

- Turpa kii pelle!

Sain raivoisan hepun huomion suunnalleni. Nebraska yritti kaikin keinoin löytää kompromissia, mutta heppu halusi vai purkaa pahaa oloansa väärälle suunnalle.

Raivoisa heppu, joka tuli eteeni: Sano se uudesta jos uskallat!

- Turpa kii, pelle!

Noustuani tuolistani, päällä puskin tahallaan hepun kasvoihin. Raivoilija lensi maahan ja piteli kasvoja, ottamalla nyt uhrin roolin. Heppu veti esille puhelimensa, jonka nappasi sen käsistä väkisin pois. Puhelin oli ohuen tuntuinen käsissäni, että taitoin sen poikki. Puhelin oli sattumalta iPhone. Hepusta näin, että hän nyt pelkäsi minua. Ei olla enää mikään räyhääjä, vaan pikkulapsi joka näki mörön. Yritin kuitenkin pitää tilanteen asiallisena.

56

- Katos ymmärrän hyvin, olet surullinen kun menetit rakkaasi. Mekin täällä menetettiin tärkeä henkilö elämästämme, mutta me surraan eri tavalla. Meidän haudattu halusi tilaisuuden olevan yhtenäistä olemista, jakamalla muistoja ja tämän hetkisiä menoja. Sitä paitsi tuo seinämä mikä jakaa tilat on paksusta verhosta ja materiaalista. Ei se musiikki niin loukkaavaa voinut olla.

Heppu, jolla alkoi raivostuminen palautumaan: Haista paska!

- No hyvä on. Nouse siitä. Sanoin nouse!

Nostin hepun maasta ja raahasin hänet väkisin takaisin omalle surulliselle tilaisuudelle. Verhojen välistä heitin kaverin ovimiehen voimalla. Heppu lensi kohti pöytää selkä edellä. Pöydässä oli uurna, joka kaatui auki vapauttamalla tuhkat hepun päälle. Sen ympärillä olleet vieraat järkyttyivät näystä, mutta olivat peloissaan katsomalla minua kohti. Otin ilon irti saamastani huomiosta.

- Se joka tulee vielä vittuilee toiselle puolelle, saa seuraavat hautajaiset. Onko selvä!

Viesti meni perille, kun surevat vieraat ottivat etäisyyttä. Viesti meni perille myös työskentelevälle tarjoilijalle, joka nyökkäsi putsaamalla tuhkat pois maasta. Palattuani takaisin Nebraskan porukan puolelle, minua katsottiin sanattomaksi. Kävelin radion luokse, pistämällä harmoniikkamusiikki takaisin soimaan. Musiikin alettua soimaan, kaikki palasivat hyvän henkiseen meiningille. Ihan kuin välikohtausta ei olisi ikinä tapahtunut.

Palautin kameran Nebraskan vanhemmalle pojalle, joka vilkaisi ottamiani kuvia. Kasvoista luin tyytyväisyyden kuviin.

- Pahoittelut tuosta pienestä välikohtauksesta.

Nebraskan vanhin poika: Ei se mitään, se mulkvisti ansaitsi kurituksen. Tässä kirjekuoressa lupaama palkkio, jonka ansaitsit näistä upeista kuvista. Onko taustaa media-alalta?

- Ei sillein, valinnaiskurssi kun opiskelin koodariksi.

Nebraskan vanhin poika: Eli tiedät C++?

- Tiesin, mutta en enää.

Koodauskielen muisteli toi ikäviä tapahtumia mieleeni. Opiskeluvuodet oli sellainen aihe, jonka en halunnut muistaa. Traumoille ei ollut nyt aikaa, seuraava keikka oli alkamassa.

Hautajaisten jälkeen palasin kämpälle ja pistin toiset vaatteet päälle. Näytin juoksijalta, jolle Adidas oli lempimerkki. Kokeilin samalla myös kommandopipoa, joka oli väriltään valkoinen. Voi hemmetti, näytin siltä ruotsalaiselta Counter Strike-pelaajalta hoikkaversiona. Sitä ei tarvinnut vielä pitää päässäni, pistin sen jumppakassille jossa varavaatteet lojuivat sisällä.

Tämä keikka oli henkilökohtainen. Se striimaaja, joka mainosti kasinoa saa tänään rangaistuksensa. Kaveri voitti liian isoja voittoja, kunnes minä hävisin melkein kaiken. Työpaikalla, ennen lähtöä päätin soittaa sen sovelluksen kautta hänen fanipuhelimeensa. Se typerys onneksi vastasi ja sain sijaintitiedot. Ratikan kyydissä valmistauduin henkisesti tulevaan. Katsoin puhelimesta karttaa, johon olin lisännyt sijaintitiedot. En ehtinyt vilkaista karttaa kunnolla, kun ratikka yhtäkkiä pompahti epämukavasti. En ollut ainoa, muutkin olivat lentäneet penkiltä ilmaan tai maahan.

Ratikankuljettajan kuulutus: Matkustajille tiedoksi! Takavaunu suistui pois raiteilta vaihdevian vuoksi. Tämä vaunu on nyt pois käytöstä. Pyydän poistumaan etu- ja toisesta ovesta ulos turvallisuussyitä.

Vittu saatana eikö kaupunki voi sijoittaa parempiin kiskoihin. Päästyä ulos vaunusta, vilkaisin karttaa ihmisten seassa. Kartan mukaan olin aika lähellä mulkvistin kotia. Itse asiassa, sen oven edessä. Ovi oli lukossa, mutta näin koiran ulkoiluttajan saapuvan. Ovi aukesi ja pääsin sisälle. Se ulkoiluttaja ei huomannut minua, kun se ihmetteli ratikan ongelmaa tiellä. Rappusista mentyä ylös, pistin korvani ensimmäiselle ovelle. Yritin löytää striimaajan melun perusteella. Ensimmäisen kerroksen ovet aika hiljaisia. Toisessa kerroksessa kuului poraamista ja parisuhde väkivaltaa. Kolmas kerros, bingo! Oven toiselta puolelta kuului juuri sitä meteliä, mitä lähetyksissä kuuluukin. Pistin hammassuojan suuhuni, saamalla puheestani epätarkan. Kommandopipo päässä ja muovihanskat paikoillaan, koputin ovelle. Meni oven sivulle ja odotin. Koputin uudelleen ovelle, pysymällä sivussa. Ovi naksahti ja aukesi. Oven avasi se striimaaja. Raivo oli kovilla, joten löin nyrkillä suoraan hänen naamalle. Se nyrkki yllätti oikealla tavalla, kaatamalla sen paskiaisen maahan. Menin perästä sisälle, sulkemalla oven ja pudottamalla jumppakassin maahan.

Striimaaja, jonka nenä alkoi vuotaa verta: Mitä vittua jätkä?

- Tietokone, missä se on?

Striimaaja: Mursi nenäni vittu.

Potkaisi striimaajan vatsalle ja heitin sen päälle peilin, jonka revin seinästä irti.

- Se tietokone!

Striimaaja ei vastannut vaan vinkui kivuista. Silmäni onnistuivat löytämään moni näyttöisen tietokoneen olohuoneestaan. Live oli päällä, mutta chatin mukaan eivät tajunneet mitä oli meneillä. Kun astuin esiin, vitsit siitä ruotsalaisesta Counter Strike-pelaajasta tuli esille ja epäilykset rikoksesta alkoivat tulvia. Kaverilla oli kaikki auki tietokoneella, kuten hänen sähköpostinsa. Avasin sen ja huomasin tähdillä merkittyjä viestejä. Yksi niistä oli siitä kasinosta, johon rahani menivät. Avasin sen viestin, avaamalla samalla PDF-tiedoston. Se oli mainossopimus, jossa oli striimaajan nimikirjoitus. Jätkällä oli sopimus kasinon kanssa, jossa hänelle luvattiin iso summa rahaa plus suurempi jackpot mahdollisuus kasinon peleistä. Tämä kusettaa sen katsojia isoilla rahoilla. Onneksi sen lähetysohjelma oli auki ja parilla kikkailulla, sain vaihdettua kasinopelin PDF-tiedoston näytölle. Nyt kaikki katsojat näkivät sen tiedoston, jotkut jopa olivat alkanut mainita sen sisältöä chatille. Se oli siinä, nyt kaikki tiesivät, että striimaaja kusettaa ihmisiä voitoillaan. Chatin keskustelu kuitenkin mainitsin "toiminnan alkamisesta", herättämällä vaistoni ja kääntämällä huomioni taakse.

Striimaaja oli pystyssä naama verisenä, pesäpallomaila aseena. Idiootti yritti lyödä sillä mailalla minua, mutta onnistuin tarttumaan siitä kiinni. Me taisteltiin mailan hallinnasta, joka

60

varmasti viihdytti huijarin katsojia. Repimisyrityksien jälkeen, puskin striimaajan kohti lasiovista hyllyä. Lasiovi meni sirpaleiksi ja se näkyi striimaajan kasvoista. Törmäyksen ansiota, sain mailan haltuun.

- Tämä on siitä kun kusetit minulta rahat!

Löin pesäpallomailalla suoraan striimaajan vatsalle, saamalla kusettajan polvilleen.

- Tämä heidän puolesta, jota olet myös kusettanut!

Iskin moukarimaisen iskun selälle, saamalla striimaajan pysymään pitempään maassa. Maila oli vielä sen verran käyttökelpoinen, että pistin sen laulamaan. Mailalla aloin hajottamaan kaikkea kalliin näköistä tavaraa asunnosta. Pari hifilaitetta sai kunnarin, älytelevisio sai ruudulle reiän, golfasin Xboxin ikkunasta ulos ja pelaajatuoli iskin palasiksi. Huomattua näytössä chatin maininneen poliisin, tajusin että oli aika lähteä. Juoksin striimaajan yli kohti ulko-ovea, nappaamalla kassin mukaan. Kassiin lensi kommandopipo ja sylkemäni hammassuuoja. Juoksin tyhjän rappukäytävän läpi ulos, jatkamalla juoksemista ilta taivaan alla. Juoksi ja juoksi, enkä katsonut taakse.

Juoksin aika kauas, Hakaniemeen asti lukitsemalla itseni vihreään julkiseen vessaan. Riisuin Adidas vaatteeni pois tavallisiin jokapäiväisiini vaateisiin. Vaikka vaatteet olivat päällä, odotin vielä hetken ennen poistumista.

Koditon juoppo, joka oli myös vessassa: Hei kaveri, voitko heittää takin tänne?

Sen takki roikkui vessan kahvassa, joten heitin sen omistajalle.

Koditon juoppo: Kiitos.

Poistumalla vessasta, pudotin 20€ kiitoksena ja hiljaisuudelle. Kävelin Hakaniemenrantaa, sytyttämällä sytkärille liekin. Se liekki meni jumppakassin sisälle, pistämällä vaatteet liekin armoille. Annoin jumppakassin palaa hieman rauhassa, kunnes päätin viskoa koko kassin ilmaan veden armolle. Jumppakassi kellui hetken, kunnes upposi meren syvyyksiin. Teki hyvää kostaa, mutta silti tunsin tyhjän olon rinnassani. Tai vatsassa, sillä minulla oli lopulta nälkä tämän kostoreissun aikana. Taidanpas lähteä tästä kämpälle, tai Hakaniemeen syömään.

8

Oli sunnuntai, olo tuntui yhä tyhjältä. Makasin sängyssäni
selailemalla puhelinta. Pääuutisena oli livestream kohu
kasinopeleistä. Uutinen kertoi ensin striimaajan taustasta ja
siitä mitä hänelle eilen kävi. Uutisen paras kohta oli hänen
pidätys, sillä hänen kotoa oli löytynyt huumausaineita.
Pahoinpitelijästä eivät tiedä kuka oli, poliisi arvioi journalistille
olleen joku "kostaja". Nyt ainakin ihmiset tietävät
nettikasinojen olevan kusetusta. En tuntenut oloani pahiksena,
vaan sankarillisena. Riitti turpakäräjät, jotta asiasta nousi iso
uutinen, ainakin viikoksi. Silti tunsin oloni jotenkin tyhjältä,
että jotain pitäisi saada vielä. Tai sitten en ole vielä tottunut,
että maanantaina alkaa työvuoro.

Päätin lähteä ulos, nauttimaan raikkaasta ilmasta. Kävelin
nauttimalla auringon valosta. Katu oli tyhjä, joskus joku käveli
ohi tai juoksija juoksi ohi. Pari nistiäkin tuli vastaan, mutta he
keskittyivät omiin huumesekoiluihin. Huomaamatta kävelin
Helsingin Jäähallin eteen. Siellä oli ovet auki ja moni käveli
sisälle ja ulos astui ihmisiä tavaroilla. Se taisi olla
kirpputoripäivä jäähallissa. Astuin sisään ja niin se olikin,
kirpputoripäivä.

Jäähalli oli muuttunut basaarin kaltaiseksi toriksi, jossa
jokaisella oli oma myyntipiste. Jotkut myivät krääsää,
keräilyesineitä ja leivonnaisia. Ei siihen kauan mennyt, kun
törmäsin tuttuun kasvoon.

-   Zeila, mitäs myyt?

Zeila joka istui aika rennosti: En tiedä, tämä on Las Vegasin myyntipiste. Satuin törmäämään tänne mestalle ja halusin vain päästä istumaan. Hän tarjosi penkin ja sanoi palaavansa joskus, unohdin milloin.

- Siis Las Vegas myy kirppari krääsää?

Zeila: Tämä on joku Ulrichin kokeilu, raha menee hyväntekeväisyyteen.

- Sinua se ei näytä kiinnostavan.

Zeila: Halusin vain istua, plus ihmiset eivät luota minuun myyjänä.

- Minullakaan ei ole mitään tekemistä, mitäs jos vaihdettaan paikkaa?

Zeila: Vai että tulisit myymää pöydän tyhjäksi? Käy se minulle. Ja yksi juttu vielä, toi jouluseimi on varattu. Ostajan kuva on rahalippaan päällä. Nyt suo anteeksi, lähden kotiin.

Istahdin myyjänpenkille, ottamalla rennosti. Vilkaisin ostajan kuvaa, jolloin nousi vilkaisemaan sitä jouluseimiä. Ihan hyvän näköinen seimi oli. Yksi ohikulkija vahingossa osui pöytää, täräyttämällä Jeesus vauvan ulos seimistä.

Ohikulkija: Sori jätkä.

Jouluseimissä muut olivat paikoillaan, mutta ei Jeesus vauva. Se meinasi tippua pöydältä alas, mutta sain siitä viime hetkessä kiinni. No, jouluseimi oli varattu. Pistin Jeesus vauvan taskuun, jotta se ei tippuisi uudelleen pois paikoiltaan. Palasin takaisin myyjäntuolille, seuraamalla ihmismassojen menoja.

Pöydän luokse tuli joku herrasmies, joka pyöritteli kädessään myynnissä olevaa puukkoa.

Herrasmies: Onko teillä paperia?

Löysin sattuman varaisesti A2-kokoisen paperin palasen, ojentamalla sen suoraan herrasmiehelle. Siitä herrasmies otti puukon pois kotelostaan ja testasi terän terävyyttä. Paperin palanen meni kahtia, leikkaamalla sitä kuin pehmeätä voita.

Herrasmies, joka ojensi kympin: Ostan tämän!

Onneksi ainoastaan käteinen kävi. Tasarahalla mentiin. Pöytään ilmestyi kaksi muutakin tuijottelijaa. Yksi selaili jotain ison kokoista kirjaa, kunnes toinen tuijotti jouluseimiä. Onneksi sen huomio kiinnittyi Iittalan astioihin.

- Aiotko ostaa jotain vain vaan koskea kaikkea?

Koskettelija: Huomasin että tämä Iittala astiaa mitä myytte kuuluu harvinaiselle setille, josta minä omistan kaikki mukit. Voinko tehdä tarjouksen?

Koska raha menee firman hyväntekeväisyyteen, minua kiinnostanut paljonko tappiota olisi tullut.

- Heitä tarjous.

Koskettelija: Pyydätte 500€, minä tarjoan 250€.

Meni kaupaksi. En ymmärrä miksi harvinaisista esineistä pyydetään paljon rahaa, jos niistä halutaan eroon. Seuraavaksi se kirjan selailija alkoi kysellä.

Kirjanselailija: Paljonko pyydät tästä merkistä?

Kaveri ei selaillut kirjaa, vaan jotain postimerkki säiliökirjaa. Se halusi ostaa yhden merkin, jossa oli joku kiinalainen talo ja 20.000 luku siinä.

- Heitä tarjous.

Kirjanselailija: No miettimällä tämän postimerkin arvoa, maksimissaan voin nyt maksaa kaksi tonnia.

Siis ei vittu, kaksi tonnia! Ja vielä käteisenä. Minulle pitäisi antaa ylennys vain siitä, kuinka paljon keräsin hyväntekeväisyyteen. Jatkoin myymistä, kunnes huomasin lähestyvän vaaran. Kaksi nunnaa. Onneksi Jeesus vauva oli taskussa, mutta tiesin miten estää mahdolliset kaupat. Nunnat olivat pöydän edessä ja katsoivat jouluseimiä.

Pitkä nunna: Tämä olisi sopiva kokoontumistilalle.

Keskikokoinen nunna: Niin se sopisi, kun kohta on Joulu. Mutta missä Jeesus vauva.

Piti keksiä päässä tekosyy, joka varmasti suututtaisi heitä.

- Se olisi 12€ ekstraa.

Keskikokoinen nunna: Siis rahastat Jeesus vauvalla, sehän menee pyhäinhäväistykseksi.

- Niin, mutta kyseessä on poliittisesti korrektinen Jeesus vauva.

Pitkä nunna: Sano pastori Ulrichille, että hän joutuu helvettiin tästä!

- Pistän sana eteenpäin.

Nunnat lähtivät pois pöydän edestä närkästyneinä, hyvä niin. Pöytään lähestyi heppu, joka näytti helpottuneen nähneensä jouluseimen.

Heppu: Juuri pelkäsin, että se myytiin jo pois.

Se heppu oli sama kuvassa, jolle se seimi oli luvattu.

- Juu ne pahoittivat mielen kun eivät saaneet herran lasta kirkolle.

Heppu: Jeesus vauva puuttuu.

- Se tippui monta kertaa, että otin sen turvaan.

Takusta Jeesus vauva tuli ulos, suoraan uuden omistajan kädelle. Heppu repi itse taskusta pienen tuubin superliimaa. Pienen tipan melkein tyhjästä olevasta tuubista meni Jeesus vauvan alle. Heppu asensi Jeesus vauvan oikealle paikalle, pitämällä sen hetken paikopillaan.

Heppu: No niin, nyt se pysyy paikoillaan.

Sen korjauksen jälkeen, heppu maksoi ostoksensa kiitoksineen. Siitä jatkoi tavaroitten myymistä, ostajia tuli ja lähti. Tuloa ja ei kauppoja sattui. Huomasin, että viihdyin tämän touhun ääressä. Tylsyys katosi hetkeksi ja aika lensi huomaamatta. Kunnes jää tekosistaan kiinni.

Las Vegas: Mitä teet täällä?

Yritin pelastaa tilannetta, muun muassa matkimalla Zeilan ääntä.

- En tiedä mistä puhut…

Las Vegas: Jälleen kerran olen näkövammainen, enkä sokea. Sitä paitsi Zeilalla on pehmeän terävä puhe.

- Zeilalle tuli joku kiire poistua, joten päätin tuurata siihen asti kun tulisit. Sain paljon myyntiä aikaiseksi.

Las Vegas: Sen huomasin, myit ainoastaan sitä mitä oli pöydällä?

- Totta kai.

Turkkilainen mies tyttärensä kanssa porraskärryllä: Moi, tultiin hakee se hylly.

- Tuossa valmiina noudolle.

Las Vegas: Tuo hylly ei ollut myynnissä.

- Se oli heidän etsimänsä.

Las Vegas: Tuo sama hylly löytyy halvalla Ikeasta.

- Kauppa on kauppa.

Las Vegas: Mitä muuta olet myynyt, joka ei ollut pöydällä?

- Vaan tuon hyllyn ja joku tyyppi osti yhden postimerkin tuosta kirjasta.

Las Vegas: Myitkö yhden postimerkin?

- Myin koska se oli pöydällä.

Las Vegas: Se oli Ulrichin henkilökohtainen kokoelma.

- Miksi saatanassa Ulrich toi sen pöydälle?

Las Vegas: Ulrich tulee tapaamaan jonkun keräilijän…

- Se on Zeilan syytä, kun ei kertonut siitä minulle.

Las Vegas: Sinua ei edes pitänyt olla täällä, sinulla on vapaapäivä.

- Ja Zeila karkasi jättämällä minut yksin tähän.

Las Vegas: Miksi suostuit?

- Se on hyvä kysymys, siksi päätin että minä jatkan vapaapäivälläni. Morjens!

Poistuin tilanteesta kompastumalla itseni pois paikalta. Kotimatkalla kuitenkin ajattelin, että olisin voinut hoitaa tilanteen ihan toisten. Tehty mitä tehtyä. Kotona en tehnyt mitään loppupäivän. Tietokoneella en tehnyt mitään. Ruuaksi tein jotain valmisnuudeli sekoitusta, jossa oli jotain mitä löysin jääkaapista. Hyvä mättö siitä tuli. Menin makaamaan sänkyyn, valmis hyväksymään tulevan maanantai päivän. Suljin silmäni, jotta uni tulisi nopeammin. Tunsin oloni yhä hereillä olevaksi.

Naisen ääni: Hän ei tehnyt mitään pahaa!

Miehen ääni: Silti se osaa vain pistää ovensa kiinni!

Heräsin pimeässä huoneessa, ikkunasta taivas oli vielä öinen. Katseeni oli kohti ovea, josta kuului ääniä. Tunnistin ne äänet.

Naisen ääni: Annan nyt hänelle opiskelurauha, hänelle se ala kiinnostaa…

Miehen ääni: Ainoa juttu mitä häntä kiinnostaa on mennä jääkaapille!

En halunnut kuula heidän ääniä. En vain halunnut. Nousin sängystäni ja ryntäsin kohti ovea.

Miehen ääni: Hän ei voi olla poikani, vaadin DNA-testiä!

Potkaisin oven auki, vastassa tyhjä olohuone. Olohuoneessa oli televisio päällä, jossa kuva oli epäselvä. Menin istumaan nojatuolille ja tuijotin televisiota. Katseeni kääntyi oikealle, jossa oli toinen nojatuoli. Siinä nojatuolissa oli pantomiimi. Sillä oli suu auki pyörämäisesti ja pää tärisi staattisesti. En pelännyt sinänsä, mutta siirsin katseeni takaisin televisioon. Huomaamattani pantomiimi oli takanani. Hänen kädessä oli näkymätön vasara, jolla löi suoraan päähäni.

Avasin silmäni, makasin omassa sängyssäni. Jotenkin päässä tuntui se vasaran lyönti. Hieroin päätäni nousten istuen sängylleni. Katsoin kelloa. Voi jumalauta! Nukuin vain puolituntia.

9

Viime yönä ei tullut paljon nukuttua. Se uni jonka näin vaivasi minua. Ei se pantomiimi ja sen näkymätön vasara, vaan ne äänet. Olen yrittänyt unohtaa ne koko aikuisuuteni aikana, mutta ne palaavat silloin tällöin uniini. Pahoina unina, jossa tapahtuu aina ikävyyksiä. Nyt on unohdettava se viime yö, töitä on tehtävä. Istun omassa pisteessäni, enkä ole nähnyt vielä Ulrichia. Varmaan vittu valloillaan, kun myin sen typerän postimerkin. Kappas, monta soittajaa linjoilla. Taitaa olla lomasesonki meneillä.

- Auttava Linja...

Soittaja: Maksoiko jonotus?

- Ei maksa.

Soittaja: Voinko heti avautua vai pitääkö esitellä?

- Kaikki käy.

Soittaja: No mene suoraan asiaan. En tykkää asua enää Suomessa. Tulin tänne kiintiöpakolaisena ja kaikki tuntuu menevän päin persettä.

- Suomesi sujuu kuitenkin hyvin.

Soittaja: Kiitos, opin televisiosta ja käymissä opetustunneilla. Joka tapauksessa ensimmäiset kuukaudet oli sitä, että sain oleskeluluvan ja kaupungilta asunnon. Hurmasin samalla suomalaisnaisen, löytämällä rakkauden. Sitten kaikki alkoi mennä pieleen.

- Pieleen miten?

Soittaja: Minulle tarjottiin töitä ruokalähettiläänä ja se työ on ihan paska. En saa siitä kunnolla palkkaa ja parkkisakot syövät tulojani.

- Oliko auto oma vai firman.

Soittaja: Oma, sillä lähetysfirma pakotti yrittäjäksi.

- Ai saatana.

Soittaja: Halvalla ostettu romu, jossa yli 200 000km. Työni ongelmat alkoivat näkyä rakkauselämässäni. Yhtenä päivänä autoni siirrettiin lyhyellä varoitusajalla, sillä naiseni unohti siirtää autoa. Ratikassa aihe muuttui riidaksi, jolloin naiseni ketä rakastin päätti kaasuttaa minua!

Tuli taas sellainen Deja-vu fiilis.

Soittaja: Nyt rahaa meni, että saisin autoni takaisin. Millä hinnalla hyvä kaveri. Tämänhetkinen tilanne elämässäni on ihan perseestä. Paska työ ja paska parisuhde. Voisin lopettaa työt ja odottaa karkotusta.

- Kuulostat ihan järkevältä kaverilta, jolle nyt vain sattui epäonninen vuosi. Oletko kohdannut rasismia jos saan kysyä?

Soittaja: Perus huuteluja kuten takaisin kotimaahasi ja sitä sanan huutelua. Kerran tässä viikonloppuna kohtasin stereotyyppistä rasismia. Vapaapäivällä kävin aasialaisessaravintolassa, tarkoituksena hakemaan itselleni ruokaa. Kun saavuin kassalle, minulle annettiin ruokaa kuljetettavaksi. Ja vain, koska sattui olemaan sininen takki päällä.

- Otit ruuat vastaan?

Soittaja: Otin, mutta itselleni. Sain ilmaiset ruuat, enkä tunne syyllisyyttä siitä.

- Sinulla on asenne kunnossa. Sait ilmaiset ruuat ja näytit sille idiootille että se mokasi. Ymmärrän sen, että vihaat nyt nykyistä työtäsi. Siksi ehdotan pistää hanskat naulalle ja hakea bussikuskiksi.

Soittaja: Bussikuskiksi?

- Siinä alalla on pulaa ja pääset heti koska sinulla on ajokortti. Saat enemmän rahaa mitä tulet saamaan lähettiläänä.

Soittaja: Eikö tuo ammatti ole myös stereotyyppinen?

- Ei, maine johtuu siitä kun suomalaistekijöitä ei löydy. Sitä paitsi palkka voi olla jopa 18€ tunti.

Soittaja: Palkka olisi kyllä suurempi.

- Sinun ei tarvitse valita julkista liikennettä, myös kaukoliikenne on mahdollisuus.

Soittaja: Parempi pysähtyä pysäkkeihin kuin viedä ruokia laiskoille soijapojille. Miten pääsen bussikuskiksi?

- Ilmoittaudu työttömäksi ja kerro virkailijalle, että kiinnostaa bussin ajaminen.

Soittaja: Niinpä taidan tehdäkin! Tämä burgeri on nyt minun ja tämä kassi saa lentää ikkunasta ulos! Kiitos kaveri, peace out!

Kaverilla oli asenne kohdillaan, vaikka en ehtinyt kertoa muita mahdollisuuksia. No, parempi ottaa toinen puhelu.

- Auttava Linja.

Soittaja: Se on Jyri tässä hei.

- Miten voin auttaa?

Soittaja: Haluaisin että antaisit minulle rehellisen mielipiteen siitä, mitä tulen tekemään.

- Asia koskien?

Soittaja: Parempi että kerron taustaa tälle sotkulle. Olen opiskelija lukiossa ja jääkiekko pelaaja. Pelaan joukkueessa ja on vihjailtu mahdollisuuksia päästä isojen liigaa.

- Ongelmia lajissa?

Soittaja: Ei. Lukiossa ystävystyin luokan takana istuvaan luokkakaveriin. Sellainen joka tykkää piirtää.

- Weaboo?

Soittaja: Ei todellakaan, gootti. Joka tapauksessa, hänellä ei ole yhtään ystävää. Yhtenä päivänä päätin ottaa jonkinmoista yhteydenottoa, joten kehuin sen piirustusta. Utelemalla enemmän, sain puhekontaktin. Siitä pikkuhiljaa alkoi ystävyys. Aloin hengailla hänen kanssa lukion ja treenien jälkeen. Minä, urheiluihminen hengaili taiteellisen ihmisen kanssa.

- Aloit ihastumaan häneen.

Soittaja: Meidän ystävyys synnytti huhuja lukiossa ja jääkiekkojoukkueessani.

- Taidan tietää mihin tämä menee.

Soittaja: Joukkueessa se herätti ihmetystä, miksi juuri minä aloitin ystävyyden hänen kanssa.

- Ryhmäpainen on niin perseestä, eli ymmärrän tuskan.

Soittaja: Seuraavana päivänä tapahtui jotain, ystäväni ei tullut kouluun. Vaikka hän istui aina takana, hän on mallioppilas. Jotain tapahtui, tunnen sen lukion ilmapiirissä. Kun otin selvää, selvisi että jotain huhuja oli levitetty hänestä.

- Kuulostaa siltä, että päätit ottaa asian omiin käsiisi.

Soittaja: Täällä kukaan ei näytä kiinnostavan hänen katoaminen, opettajat ja poliisit eivät tee mitään.

- Ainoa vinkki, jonka voin antaa on olla varovainen. Kun ryhdyt salapoliisi hommille, kuka tahansa voi olla esteenä. Plus älä leiki pahaa kyttää, ole paha kyttä kun tilanne on sen arvoinen.

Soittaja: Yllytatkö?

- Olet hyvällä asialla liikkeellä, mutta polulla on sen riskit.

Yritin kuunnella mitä soittaja selitti, kunnes huomasin jonkun tulleen viereeni. Viereen ilmestyi ammattiopiskelijan näköinen nuorityyppi, joka oli rullatuolissa. Kaverista näkyi merkkejä lievästä kehitysvammaisuudesta. Huomioni muuttui moniajoksi, kun jatkoin puhelua. Puhelu kuitenkin päättyi nopeasti, sillä huomioni oli vieressä olevaan kaveriin enkä enää muista mitä sanoin soittajalle. No, nyt voin keskittyä viereiseen vieraaseen.

- Mitäs äijä?

Rullatuolissa oleva kaveri: Ihan hyvää, sinä taidat olla Minnesota?

- Juu olen.

Rullatuolissa oleva kaveri: Hienoa. Ulrich sanoi että sinä tulet minun kanssani Sokokseen.

- Niinkö?

Rullatuolissa oleva kaveri: Niin sanoi Ulrich.

- Nytkö?

Rullatuolissa oleva kaveri: En minä tiedä, sanottiin tulla sinun luoksesi.

Tämä on pakko olla Ulrichin kosto siitä, että myin hänen postimerkkinsä. Ajattelin lopulta tilanteen olevan myös ihan hyväkin, pääsee ulos toimistolta.

- Millä mennään?

Rullatuolissa oleva kaveri: Invataksilla.

Oltiin ulkona odottamassa taksia, sillä ensimmäinen taksi ei jäänyt odottamaan. Koska taksiuudistus oli huonosti toteutettu, seuraavan kanssa sai pitkään odottaa.

- Onko sinulla kutsumanimi?

Rullatuolissa oleva kaveri: Simppa.

- Mitäs teet näinä päivinä?

Simppa: Olen ammattiopistossa media-assistentti opinnoissa. Korjaan, mediatuottajan opinnoissa, jos pitää käyttää uusia termejä.

- Ja opinnoilla menee hyvin?

Simppa: Kyllä, vaikka joudun sivusta katsomaan kun luokkakaverit vetävät isoja projekteja firmoille.

- Niinkö?

Simppa: No ammattiopisto pistää rahat taskuun ja pistää opiskelijat orjahommiin, vaikka oppii kokemuksilla. Vaikka totuus on se, että valmistuksen jälkeen olemme tulevia työttömiä tai vailla korkeakoulu paikkaa.

- Miksi päätit opiskella alaa jossa tilanne on huono?

Simppa: Koska haluan oppia, elämäni rajoituksista huolimatta. Ryhdyn striimaajaksi, kuten se yksi jätkä Oulusta jolla on vähän samanlainen tilanne kuin mullakin.

En tiedä kenestä hän puhui, mutta muistan nähneeni kaverin joka oli myös samanlaisessa rullatuolissa. Se ei ainakaan ollut se tyyppi, joka riehui grillijonossa.

Simppa: Entä sinä?

- Elämänkoulu.

Invataksi saapui, mutta se oli joku pieni johon mahtui rullatuoli. Taksi ajeli suorintareittiä Sokokselle, onneksi kuljettaja tiesi minne ajaa. Simppa maksoi matkan jollain taksikortilla, Kelan tai pöllityllä yritykseltä. Se oli liian hyvän näköinen ollakseen Kelan antama kortti.

- No, mitäs tehdään?

Simppa: Mennään vaateostoksille.

Mentiin Sokoksen sisälle, mutta päädyttiin ensin hajuosastolle. Simppa päätti ensin saada jotain hajuvettä itselleen, joten mentiin sekoilemaan Eau de toilette-hyllyjen luokse. Simpan rullatuolin suuruuden vuoksi, hyllyjen välistä kulkeminen oli äänekästä. Nimittäin rullatuoli otti kiinni hyllyistä ja tiputti maahan hajuvesituotteitta. Vaikka ne olivat hintavia hajuvesiä mitä Simppa pudotteli, kauppa ei perinyt niistä maksua Simpan vammaisuuden vuoksi. Miesten osastolla jossa olivat hajuvedet, minä ruiskutin sitä Simpan kädelle jotta hän voisi haistaa sitä. Simppa haistoi ja antoi reaktion eleillään. Kolmea eriä hajua kokeiltiin ja jokaisesta tuli negatiivinen ele. Neljännellä tuli myös negatiivinen, mutta se muuttui positiiviseksi.

- Oletko varma?

Simppa: Olen, ei liian terävä.

Simppa tiesi mitä teki, joten pistin hajuveden hänen sylissä olevaan ostoskoriin. Poikettiin vielä parranhoito hyllylle, jossa Simpan tuoli onnistui raapimaan vastapaisen hyllyn tuotteet alas. Kuumotti pikkasen, sillä henkilökunnalla näytti olleen kärsivällisyys liiankin koetuksella. Yritin olla nopea testi pullojen kanssa, mutta Simppa otti aikaansa päätöksiensä kanssa. Kun vihdoinkin päästiin kassalle, se rullatuoli onnistui pistämään jonkun ihmeellisen pyramidi näytehyllyn säpäleiksi.

Onneksi maksamisen kanssa oltiin nopeita, jotta henkilökunta voi purkaa raivonsa rauhassa meidän poistuttua paikalta.

Mentiin ylemmälle kerrokselle, jossa miesten vaatteet oli saatavilla. Valikoima oli joka puolella, mutta Simppa näytti tietävän mihin mennä.

Simppa: Näinä päivinä ostan vain vaatteita ja hoitoaineita tästä paikasta. Ennen tuli myös pelejäkin ostettua, kunnes Sokos luopui siitä osastolta.

Sen olinkin unohtanut, että Sokoksella oli peliosasto. Lapsena tuli aina mentyä leluosastolle, mutta en tiedä onko sitäkään enää olemassa. Totta se on, ennen vanhaa kaikki oli paremmin. Simpan kanssa oli lopulta ihan mukava olla. En tuntenut oloani kiireelliseksi, ajattelin palkan juoksevan ja että tuli taukoa puheluista. Ulrich epäonnistui tällä rangaistuksella.

Simppa: Pystyisitkö pyytämää myyjää paikalle, jos näitä housuja löytyisi isompana?

- Toki.

Housut kainalossani aloin etsiä myyjää. Kassoissa ei ollut ketään paikalla. Yksi myyjä oli varattu, kun elämään epäonnistunut eläkeläinen alkoi valittaa hinnoista. Vaeltelin eri käytäviä, kunnes silmäni löysivät oven jossa luki "vain henkilökunta". Menin sen oven eteen ja koputin siihen kiltisti. Ei mitään vastausta. Seuraavassa koputuksessa oli sen verran voimaa, että se kyllä kuului muihinkin kerroksiin. Ovi aukesi ja raosta tuli esiin ihmettelevä myyjä.

Myyjä: Voinko olla avuksi?

- En löytänyt myyjää missään tai se oli jo varattu. Onko teillä näitä hosuja vähän isompana?

Myyjä: Voin tarkistaa.

Annoin housut myyjälle, jonka hän nappasi syliinsä ja katosi takaisin oven taakse. Jäin odottamaan. Naksuttelin sormiani, valmiina voimakkaaseen koputukseen. Tuntui menneen pari minuuttia, kunnes ovi aukesi ja sama myyjä pompahti esiin raosta.

Myyjä: Löysin pari isoa kokoa. Jos eivät käy, voit palauttaa nämä takaisin kassalle.

- Mitäs jos jätän ne hyllylle missä samat housut?

Myyjä: Seuraan saamani ohjeistusta.

Kävelin saamillani housuilla takaisin Simpan luokse. Jotenkin arvelin, että minun ei olisi pitänyt jättää hänet yksin, sillä kaukaa näin Simpan olevan ongelmissa. Kaukaan näin kolme jätkää, jotka selvästi kiusasivat Simppaa. Ei perkele, tuollaista paskaa en jää seuraamaan sivusta. Marssin kohti tapahtumapaikkaa, keräämällä raivoni siitä, että kukaan ei ole auttamassa ihmistä rullatuolissa. Nähtyä kiusaajalla pitävän Simpan lompakkoa kädessä, marssini kiihtyi nopeudella. Marssivani oikea jalka nousi ilmaan ja tallasin sillä lompakkoa pitävää kiusaajaa polveen sivuttain.

Kiusaaja, joka tiputti lompakon: Ai vittu!

Kiusaajan jalka näytti taittuvan väärälle suunnalle, pelästyttämällä kiusaajan pari kaveria pois Simpan läheisyydeltä.

- Ihan oikeasti jätkät, tällä kaverilla on kehitysvamma!

Kiusaaja, joka oli ihan pelon vallassa: Me olemme... olemme hänen kavereita.

- Mikä on hänen nimensä?

Kiusaaja, jonka polvi taisi mennä sijoilta: Ai vittu, polveni!

- Kysyin mikä hänen nimensä on!

Kiusaajat eivät vastanneet kysymykseen, todistamalla valehtelun. Kiusaajat pelkäsivät, mutta alkoi mennä hermot polvea vinkuvaan kiusaajaa.

- Sinulle vittu näytän polvikivut!

Otin kaverista kiinni ja raahasin hänet kaiteen luokse. Siitä heitin hänet kuin roskasäkkinä kaiteen yli, viskomalla kiusaajan siihen pyöreälle näytelavalle. Kiusaaja lensi suoraan näytenukkien päälle, jotka varmasti pehmensivät hänen laskeutumista. Lavan läheisyydellä asiakkaat ihmettelivät pamausta, mutta jatkoivat omia ostoksiaan ihan kuin mitään ei olisi tapahtunut. Palautin huomioni kiusaajiin, jotka taisivat kusta housuihinsa.

- Mitä tuijotatte!

Kiusaajat lähtivät pakoon, homma hoidettu. Rauhoituin, enkä enää tuntenut suuttumusta. Noukin maasta pudottaneet housut ja suuntasin Simpan luokse. Simppa näytti voivan hyvin.

- Pahoittelut näkemästä.

Simppa: Älä pahoittele, nuo mulkvistit ansaitsivat paskan kohtelun.

- Eikö kukaan edes yrittänyt auttaa?

Simppa: Ei sillein, eikä tämä hälytysnappi sovellus toimi kuin sen pitäisi.

Simpan älypuhelin oli kiinnetty telineeseen, joka oli osa rullatuolia. Siinä oli 112-sovelluksen näköinen ohjelma päällä, jonka olisi pitänyt hälyttää vartijan paikalle. Joku vartija kuitenkin juoksi paikalle ja sen hengittämisessä näkyi hänen olleen varattu.

Hengästynyt vartija: Mikä on hätänä?

Teki mieli avautua ja haukkua hidasta saapumista, mutta en ollut sillä tuulella.

- Kaikki on nyt kunnossa.

Menin lopulta Simpan kanssa Sokoksen kahvilaan, jonne oli sovittu tapaaminen hänen hoiva-avustajan kanssa. Päätin kuunnella Simpan mielipidettä alasta, jossa hän opiskelee.

Simppa: Suomen media-alan suurin ongelma on meidän opiskelijoitten hyväksikäyttö. Teemme roudaus hommia ilman mitään palkkaa, vaan jotta saamme jalan oven väliin alalle. Meille sanotaan koko ajan, että se näkyvyys palkistee. Näkyvyys ei palkannut kaveriani, jolla on vuokrat rästissä leipäjonossa. Nyt moni ammattikoulu tekee yhteistyötä yrityksien kanssa, jotta he saavat rahaa taskuihinsa ja oppilaat tekevät raskaan työn. Valmistuksen jälkeen olet jätetty oman onnen nojaan. Jos jatkopaikkaa korkeakouluun tulee, sinusta on tultava yrittäjä, freelancer tai löytää onnea. Pääset tekemään hommia alalle, jolle komedia on joko "pillu perse pornolehti", "pornolehti pillu perse" tai "perse pornolehti pillu". Jos yrität tehdä jotain omaa, olet liian suuri riski alalle joka pelkää uusia asioita. Jos itse tekee sen uhrauksen, saat joko luottamuksen tai lopullisen kadotuksen...

Simppaa jaksoin kuunnella, sillä hän puhui kuin ammattilainen joka tietää miten paska osuu tuulettimelle. Simpan keskustelu päättyi yllättäen vilkuttamiseen, hänen avustaja saapui paikalle.

Avustaja: Päivä pojat! Oliko päivä sujunut ongelmitta?

- Kaikki meni kivasti, vaikka myyjät taistelivat kärsivällisyyden kanssa.

Avustaja: Kuten aina sanon myyjille, paremmat tilat rullatuolille.

Simppa: Juu kaikki meni kivasti, Minnesota oli tosi mukavaa seuraa.

Huomaan että Simppa ei halunnut mainita sitä tapahtumaa, mutta ihan ymmärrettävää.

- Voinko tarjota kahvia?

Avustaja: Mielellään. Saat valita kahvin, mutta ei mustana.

Kävin heti tilaamassa kahvit hoiva-avustajalle, marssimalla kassalle. Tilasin Cappuccinon, sillä se ei varmasti ole mikään musta kahvi. Cappuccino valmistui kivalla maito sydämellä. Pistin kahvin tarjottimelle ja suuntasin takaisin pöydälle.

Las Vegas: Cappuccino nautitaan aina vain aamuisin aamupalalla.

Kävelin Las Vegasin ohi, joka istui pienessä pöydässä ison kahvijuomansa kanssa.

- Tarjoan kahvin Simpan avustajalle, mitäs itse?

Las Vegas: Nauttimassa vapaapäivää, menossa kohta ruokaostoksille.

- Entä sinun avustajasi?

Las Vegas: En tarvitse, sillä näkövammani ei ole niin paha.

Las Vegasin pöydän alla makoili koiran, jonka valjaitten perusteella oli opaskoira.

Las Vegas: Muuten kuulitko siitä tippuneesta kaverista?

- Mitä siitä?

Las Vegas: Hassu sattuma, jos kysyt minulta.

- Vakoilitko minua?

Las Vegas: En. Uteliaana halusin tietää, näitkö tippuneen henkilön? Se lensi suoraan siihen näytelavalle, se pyöreä.

- En nähnyt, mutta kuulin.

Las Vegas: Sepä jännää.

Las Vegas joi juomansa ja tarttui koiran valjaasta kiinni. Opaskoira nousi heti tassuilleen ja alkoi ohjata Las Vegasia kohti ruokakauppaa.

Las Vegas: Olet huono valehtelija.

En tiennyt miten reagoida siihen. Tiesikö että se olin minä, joka heitin vai miten arveli että valehtelin. Minulla oli vielä se tarjotin sylissäni, kahvit piti mennä tarjoamaan loppuun asti.

Kävelin ilta taivaan alla, menossa kohti kauppaa. Ilma oli poutainen, jotenkin teki mieli mennä kävelylle. Vastaan tuli Alepa, johon eksyin sisään. Kello ei ollut lähelläkään yhdeksään, joten päätin ottaa yhden pienen mäyräkoiran mukaan, eli olutta. Meni kiltisti kassalle ja henkkarit olivat näytillä.

Kassa: En voi myydä sinulle olutta.

- Jaa, en tiennyt että olen nuorentunut.

Kassa: Sinun kaverit ulkona saavat tulla näyttämään myös paperit.

- Nuo eivät ole minun kavereita.

Kassa: Tuo tyttö pitää sinua silmällä.

- Eli? Se ehkä haluaa panna.

Kassa: No pyydä tyttöystäväsi tulla näyttämään papereita.

- Kuten sanoin en tunne noita pentuja.

Kassa: Ei papereita, ei olutta!

- No hyvä on!

Poistuin kassan edestä, marssimalla vihaisesti kohti ulko-ovea. Tartuin sivusta lojuvalle mainostelineestä kiinni, hermostuttamalla toista kaupantyönkelijää teollani. Ulkona käännyin pentuporukan suunnalle.

- Painukaan vittuun! Saatana!

Heitin mainostelineen voimalla ilmaan, muuttamalla sen lentäväksi frisbeeksi. Nuorukaiset pelästyivät ja lähtivät karkuun, yksi pyörällä ja loput jalkojensa voimilla. Siitä palasin kävellen takaisin kaupan sisälle. Kaupantyöntekijä otti minusta etäisyyttä. Pelikoneella oleva vilkaisi minua, mutta palasi Emman tuijotteluun. Palasin samalle kassalle, mistä lähdin. Kaveri joka olisi voinut ottaa vuoroni, odotti kiltisti omaansa. Kassatyöntekijä byrokraattinen asenne oli murtunut, hänestä näki että minulle ei kannata olla hankala.

- Voinko nyt maksaa ostokseni?

Kotona oluet olivat jääkaapin kylmyydessä lepäämässä. Oli mieli ottaa yksi, mutta se välikohtaus vei halun. Päätin mennä nukkumaan, sillä huomenna on vielä työpäivä. Räpyttelin silmiä ja katselin herätyskelloa, jonka aika oli 21:11. Nousin sängystä ja menin vessaan. Pistin lavuaariin veden juoksemaan hanasta ja kastelin lämpimällä vedellä kasvot. En tiedä miksi tein niin, mutta se tuntui jotenkin hyvältä. Kun vilkaisin peiliin, näin takanani seisovan miehen. Miehen jonka tunsin. Käännyin miestä kohti, joka alkoi kuristamaan minua kurkusta. Otin hänen käsistä kiinni ja panin vastaan. Yritin saada hänen kädet pois minun kurkustani, mutta se kuristaja alkoi huitoa minua paikasta toiseen. Suunnitelmani ei toiminut, joten tartuin käsilläni kuristajan kasvoihin. Peukaloillani puukotin kuristajan silmät, saamalla sen kasvoille verta. Kuristaja alkoi siitä kiljumaan.

86

Olin sängylläni, hikisenä. Näin taas pahaa unta. Vilkaisin herätyskelloani. Perkele, se on 21:15.

10

Olin toimistossa. Viime yön nukuin, miten nukuin. Nyt olen kofeiinin voimalla tekemässä hommia, vastaamalla ensimmäiseen puheluun.

- Auttava Linja.

Soittaja: Tänne sai soittaa ihan mistä tahansa ongelmasta vaan?

- Kyllä, mistä vaan. Pikku asioista isoihin.

Soittaja: Minun ongelmani on iso.

- Olen kuulolla.

Soittaja: Olen Jessica ja tulen ihan hyväntuloisesta perheestä. Vanhemmat omistavat yrityksen, joka elättää meitä hyvin. Isäni on autoihmisiä. Iskä ajelee tällä hetkelle sähköisellä Mersulla, jättämällä bensiini Mersun autotalliinsa. Sain juuri ajokortin ja kyselin lupaa ajaa bensiini Mersua. Sain kielteisen vastauksen.

- Arvaan, menit ajaa sitä bensiiniä?

Soittaja: Kun kyselin lupaa, iskä aina vastasi kielteisesti. Tällä viikolla vanhempani päättivät mennä ulkomaille juhlimaan hääpäiviä, jättämällä minut kotioloihin. Joten minä ja poikaystäväni otettiin ilo irti. Lähdettiin Mersulla ajelulle keskustaan.

- Tuliko sivuluisua?

Soittaja: Tuli sitä tehtyä, mutta se ei ole se ongelma. Oltiin Kalliossa, ajoin mäkeä alas kohti Helsinginkatua. Siinä kohti taisin ymmärtää, miksi en saanut lupaa ajaa autoa. Bensiini Mersussa oli jarrut hajalla. En ehtinyt reagoimaan mitenkään ja käsijarru ei pelastanut tilannetta.

- Oliko sekin hajalla?

Soittaja: Olin sellaisessa tilassa, että unohdin käsijarrun olemassaoloa. Toivoin että tie olisi pysynyt tyhjänä, mutta se ei toteutunut.

- Vaan?

Soittaja: Törmättiin suoraan ratikan kylkeen.

Nyt kun muistan, eilen illalla olin ratikan kyydissä johon auto ajoi suoraan kylkeen. Ovet pamahtivat sisäpuolelle, mutta minä ja muut matkustajat emme tunteneet kolarin törmäystä missään.

Soittaja: Kolarissa vaunusta meni vai ovet sisälle.

Aha.

Soittaja: Olimme paniikissa, mutta minä olin ihan sen vallassa. Baarissa olleet seurasivat sivusta, matkustajat poistuivat etuovesta ja joku kuvasi puhelimella.

- Joo niitä löytyy aika paljon Stadista.

Soittaja: Kuljettaja oli onneksi rauhallinen.

- Jokainen sporakuski on tehnyt työhistoriassa ainakin yhden kolarin.

Soittaja: Mutta sitten tuli joku paloauto paikalle, joka siivosi jäljet ja otti kuvat paikasta. Kuljettaja täytti jonkun lapun, antamalla yhden minulle ja jatkamalla kirjoittamista toiselle.

- Annoit omat tiedot ongelmitta vai tuliko poliisi paikalle?

Soittaja: Poikaystäväni antoi.

- Sinun puolesta?

Soittaja: Ei, hänen omansa.

- Vai otti syyt omaan niskaansa.

Soittaja: Kyllä. Tänään isä soitti ja kertoi vakuutusyhtiön soittaneen. Sanoi kun hän palaa ylihuomenna, hän vetää poikaystävääni turpaan.

- Tuttu tilanne, teitte typerän päätöksen ja jäitten kiinni byrokraattisista syistä. Haluaisin tietää yhden jutun, rakastatko yhä poikaystävääsi?

Soittaja: Kyllä.

- Oletko valmis ottamaan hänen puolensa, kun isäukko tulee riehuu?

Soittaja: Totta kai otan! Tunnen poikaystäväni pitkästä aikaa, en jätän häntä tähän kuseen.

- Kaikki kohdillaan, on tapauksia jossa osapuoli iskee puukon suoraan selkään. Sitä paitsi kaikki ei ole teidän syytä. Oliko isäukko sanonut jarruista?

Soittaja: Ei ollut.

- Sekin on syyllinen. Jos olisi kertonut kiellon syytä, olisitte voineet mennä toisella autolla ajelulle. Tietysti kolari meni teidän niskaan, mutta hiljaisuus auton

90

ongelmista menee isäsi syyksi. Joten suosittelen keskustella asiasta rauhallisesti ja älä kasaa kaikkea poikaystäväsi niskaan, sillä hän ei ajanut.

Soittaja: En tiedä tulenko pysymään hengissä...

- Pysy poikaystäväsi vieressä, te tulette selviämään.

Neuvokaan puhelun jälkeen, päätin ottaa ruokatauon. Ostin yhden halvan pakastepitsan, joka oli ihan paskaa. Olin nyt yksin, kun otin aikaistetun ruokatauon. Päätin soittaa kuluttajapalvelun numeroon ja vaatia rahojani takaisin.

Aspa: Kuluttajapalvelu Miisa puhelimessa.

- Päiviä voinko saada rahojani takaisin tästä Special Opera pizzasta?

Aspa: Ja mistä tuotteesta?

- Tästä pakaste pizzasta, jossa oli vain kolme salamin palasta, liikaa kinkkua ja tonnikalaa ei ollut ollenkaan näkyvissä. Voinko saada rahani takaisin, sillä tunnen oloni huijatuksi?

Aspa: Te siis söitte pizzan?

- Kyllä.

Aspa: Sitten ikävä kyllä en voi auttaa teitä.

- Miksi?

Aspa: Te avasitte tuotteen ja kulutitte sen sisällön, jonka vuoksi ette voi palauttaa sitä kauppaan.

- Jos olisin tiennyt tuotteen olleen viallinen, en olisi avannut enkä syönyt.

Aspa: Tässä tilanteessa suosittelen ottamaan yhteyttä suoraan valmistajalle.

- Tässä boksissa oli vain teidän numero ja teidän oma tuotemerkki. Plussana etukannessa näkyy Italian lippu, mutta takana lukee valmistettu Turkissa. Huijaatteko te asiakkaita vai mikä juttu? Haluan rahani takaisin!

Aspa: Kiitos soitostanne, tämä puhelu on nauhoitettu koulutus käyttöä varten.

Voi vittu. Tämäkö se asiakaspalvelu nykyään on? Mutta nyt ihan rehellisesti, miksi vauvauduin edes soittamaan? Tiedän että kaikkien kauppojen omat tuotemerkit ovat kusetuksia, mutta miksi takerruin niin pahasti tähän pizzaan? Miksi ylipäätänsä närkästyn näin helposti?

Zeila, jolla alkoi oma tauko: Jätkä näyttää ihan rätiltä.

- Uni ongelmia. Jatkuvasti heräilen ja silloin tällöin tuntuu etten pysty nukkua.

Zeila: Kokeile melatoniinia.

- Eikö siihen tule riippuvaiseksi?

Zeila: Ei se mitään huumetta ole, mutta voi tulla huimausta kun ottaa väärään aikaan.

- Harkitsen, palaan hommiin.

Zeila: Entä pizzasi?

- Saat syödä.

Olisin heittänyt loput pizzasta roskiin, mutta sitten iltavuorolainen Kööpenhamina olisi alkanut vittuilemaan ruuan haaskaamisesta. Nyt en ainakaan itse haaskannut mitään, sillä Zeila heitti kinkut ja salamit roskiin, syömällä pelkän juuston ja mitä lieneekään tonnikalasta. Palasin omalle työpisteelleni valmiina kuunetelemaan jälleen jonkun ensimmäisen maailman ongelmaa. Nyt oli soittajia listalla, valitsin sattuman varalta minun seuraavan asiakkaan.

- Auttava Linja, Minnesota.

Soittaja, jota oli vähän hankala ymmärtää: Haloo?

Äänestä tajusin soittajan olevan varmaan ala-asteelta. Tässä tapauksessa otan ihan rennosti.

- Kuka soittelee?

Soittaja, joka alkoi kuulostamaan itkuiselta: Tytti.

Kuten arveli, äänestä soittaja on kouluikäinen ja ala-asteella. Varauduin selvittämään koulukiusaamistapausta.

- Mikäs hätänä Tytti?

Soittaja: En halua mennä kotiin.

- Kaikuu pikkasen, mistä soitat?

Soittaja: Vessasta.

- Miksi sieltä soittelet?

Soittaja: Koska en halua muitten näkevän minun itkevän.

- Mikä sinua itkettää?

Soittaja: Sain tänään matikan kokeesta 5-. En ole hyvä matikassa.

- Ei ainakaan ollut nelonen.

Soittaja: Se on silti huono arvo.

- Tässä tilanteessa on parempi puhua opettajan kanssa tukiopetuksesta...

Soittaja: En saa ottaa tukiopetusta.

- Miksi?

Soittaja: Koska epäonnistujat pyytävät tukea.

- Kuka niin väittää?

Soittaja: Iskäni. Se vaatii vain parhaan. Nyt kun epäonnistuin taas, saan turpiin.

- Mitä tarkoitat turpiin saamisella?

Soittaja: Isä hakkaa.

Sen isä hakkaa. Isä hakkaa omaa lastaan. Omat muistoni. Hän huutaa. Paiskoo esineitä. Nöyryyttää. Se kävi hänen päälle. Minulle riitti.

Soittaja: Haloo, oletko vielä siellä?

Olin unohtanut, että minulla oli puhelu meneillä.

Soittaja, joka kuulosti itkuiselta: Oletko vielä siellä?

- Onko sinulla kavereita?

Soittaja: On.

- Tietävätkö he sinun saamastasi kohtelusta?

Soittaja: He eivät tiedä, en halua kertoa heille.

- Onko joku kaverisi vanhemmista sinulle tuttuja?

Soittaja: Parhaan ystäväni vanhemmat tunnen.

- Kerro heille isästäsi.

Soittaja: Joudun ongelmiin jos kerron...

- Et joudu. Sinun turvallisuus ja koskemattomuus on tärkeämpää. Isälläsi ei ole mitään oikeuttaa kurittaa nyrkeillä. Hän tekee väärin ja ei ansaitse isän titteliä. Toinen vaihtoehto on mennä sanomaan koulun opettajalle tai mennä suoraan turvakotiin. Miten äitisi?

Soittaja: Se katsoo vaan sivusta.

Katsoo sivusta. Vittu mitkä vanhemmat.

- Tämä kuulostaa nyt vakavalta. Kerro parhaasi ystäväsi vanhemmille tai opettajalle. Tämä on ainoa tapa, jolla pystyn auttamaan sinua.

Soitto loppui itkuun. Sain jäljitettyä sen puhelun sijainnin, joka olikin jostain ala-asteelta. Oma tahtoisesti lähetin sähköpostia kouluun, käyttämällä firman omaa sähköpostia. Oloni oli kuitenkin nyt vähäsen huono.

Nebraska, joka käveli ohi: Onko kaikki hyvin?

- Tuli pikkasen huono olo, ehkä väsymys.

Nebraska: Oliko hankala puhelu?

- Ei, väsymys. Otan lyhyen päivän tänään.

Nebraska: Siihen tarvitaan lääkärintodistus.

- Otan kirjallisen varoituksen.

Lopetin työvuoron omin luvin ja lähdin kotimatkalleni.
Poikkesin apteekin kautta ja ostin melatoniinia. Se oli pienin
määrä, siihen ei riippuvuus syntyisi. Pistin tabletin suuhun ja
annoin sen sulaa suussani ohjeen mukaisesti. Menin sänkyyn
makaamaan, odottamaan jos melatoniini auttaisi. Tuijotin
kattoa ja odotin. Vilkaisin kelloa ja odotin. Pistin silmäni kiinni
ja odotin.

Ei tunnu missään. Nyt on kusetettu olo. Nousin sängystäni ja
päätin mennä ulos. Ulkona oli pakkasen sininen ja valkea väri.
Päälläni oli vain kalsarit, mutta ulkona ei ollut kukaan. Ei ollut
edes kylmä. Aloin juoksemaan. Juoksin Koskelantiellä, tiet
olivat tyhjiä eikä mitään sielua ollut näkyvissä. Koskelantiellä
eksyin Töölöön, katsomalla ympärilleni. Olin Töölön Hallin
edessä. Meni Hallin sivulle, Mannerheimintien puolelle. Oli
sellainen fiilis, että piti päästä hallin puolelle. Menin aitauksen
ovelle ja yritin avata sitä. Ei auennut. Huomioni siirtyi
pysäkille, jossa ratikka oli paikoillaan. Keskiovet olivat auki.
Jotain siinä ratikassa oli, se houkutus tuntui ihossa. Astui
keskiovista sisään. Ovet sulkeutuivat ja ratikka lähti matkaan.
Istahdin tyhjälle penkille ja katselin mitä reittiä ratikka ajeli. En
tunnistanut reittiä, mutta alkoi kiinnostamaan miltä kuljettaja
näytti. Nousin ylös, menemällä vilkaisemaan kuljettajaa.

Vaunun edessä huomasin, että kuljettajaa ei ollut. Ratikka lensi pois raiteilta. Lensin ilmaan ja vaunu pyöri ympäri. Kyljellään maassa, tajusin vaunun pysähtyneen. Ryömin ulos hajonneesta ikkunasta, hiekkaiselle pinnalle. Olin rannalla. Katselin ympäri, näkemällä auringon nousevan. En ollut yksin rannalla. Rannalla meren läheisyydellä seisoi henkilö, päällään valkoinen huivimainen puku tuulen mukaan. Se henkilö kääntyi minua kohti. Se oli nainen. Tunsin sen naisen. En nähnyt häntä pitkään. Nainen katsoi minua tosi pitkään, naamassa alkoi näkyä viha. Se viha ärsytti minua. Nainen alkoi kiljua, kuulostamalla häiriintyneeltä radiolta.

Silmäni aukesivat. Olin omassa sängyssäni. Näin unta. Katsoin kelloa, joka oli 7:08. Nousi ylös ja otin melatoniin purkin käteeni. Heitin purkin roskikseen.

11

Uusi päivä ja uudet haasteet. Toistuvat haasteet. Moni puhelu jonka vastaanotin oli energiakriisiin liittyvä. Ainoa vinkki jonka jakelin oli lataa puhelin työpaikalla, irrottaa töpselit seinästä ja saunoa vähemmän. Itsekin tein oman osuuteni, sammuttamalla pöytävalon. Sitten muistin että en minä maksa tämän lafkan sähkölaskua. Pistin pöytälampun takaisin päälle, osoittamalla kattoa. Pistin myös puhelimeni lataukseen, asettamalla pikalatauksen päälle. Huomaamatta, Ulrich ilmestyi eteeni.

Ulrich: Työssäsi on edistystä, mitä olen seurannut sovelluksen datan kautta. Haastavia puheluita olet selvinnyt hyvin, vaikka omin luvin tulen käyttämään pari puhelua koulutuksessa.

- Olen yhä ihmeissään siitä, että tätä tuetaan yhä verorahoilla.

Ulrich: Kaikki ongelmat, voivat aiheuttaa mielelle haittaa. Miten olosi tänään?

- Parempi, sain nyt nukuttua.

Ulrich: Tällä kertaa en anna mitään varoitusta, mutta saat miettimistä.

Ulrichilla oli reppu selässä ja avasi sen minun edessäni. Ulrich kaatoi sisällön työpöydälleni. Ne olivat mainoslappusia ja esitteitä eri ammattikouluista jne.

Ulrich: Olen päättänyt laajentaa firman toimintaa, tarjoamalla mahdollisuuksia toisille urille.

- Ja miten minä liityn siihen?

Ulrich: Tämä on kokeilu. Nämä opistot tarjoutuivat yhteistyöhön. Kaveri opiskelee ja muuttuu tässä firmassa osa-aikaiseksi.

- Miksi minun pitäisi olla se kaniini?

Ulrich: Että pääset tekemään jotain muuta, josta voisit saada enemmän palkkaa. Plus saada vähemmän palautteita.

- Ei minun vinkit olleet noin hirveitä.

Ulrich: Kehotit jollekin raha ahdingossa olevan opiskelijan käyttää OnlyFansia.

- Ihmiset maksavat hyviä summia nakukuvista.

Ulrich: Palataan asiaan.

Hienoa, pomo sotki työpöytäni kierrätyspaperilla. Siis papeilla on koulutuksia? Lähihoitaja ja sairaanhoitaja paikkoja auki liian monessa paikassa. Ei tästä tule mitään! Keräsin esitteet kasaan tarkoituksena heittää kaikki roskikseen, kunnes kuulin puhelimen soivan. Katselin ympärilleni, sillä se tuntui olevan lähellä. Korvani saivat soivan puhelimen kiinni, se tuli Las Vegasin työpöydästä. Muut työntekijät keskittyivät omiin puheluihinsa, minulla ei ollut puhelua meneillä. Päätin mennä Las Vegasin työpisteelle. Hitto, sen työpiste oli siisti. Sitä en tullut ihailemaan, vaan vastamaan puheluun, joka tuli sen tabletista. Pistin pöydässä olleet kuulokkeet päähäni ja vastin puheluun.

- Auttava Linja…

Puhelusta kuului raskasta hengitystä ja outoa läpsytystä. Hengitys kuului ihan tarkoituksella tehdyksi. Silloin tajusin, että tämä soittaja masturboi linjassa.

- Hyi saatana!

Suljin linjan ja yritin olla ajattelematta sitä sekopäätä puhelinluurissa. Tabletti vastaanotti puhelun uudelleen. Sama soittaja, tai joku toinen. Vastasin puheluun. Sama kaveri, tällä kertaa laukesi. Suljin puhelun ja otin kuulokkeet pois päästäni. Tabletti taas vastaanotti puhelun, nyt en vastannut. Miksi tämä tabletti vastaanotti tämän puhelun, mikään näistä laitteista ei vastaanota puheluita ilman syytä. Nyt haisee palanneen haju ja käry tuli tuosta puhelusta.

Olin taukotilassa, jossa Zeila oli tekemässä teetä. Menin suoraan asiaan.

- Voiko noille tableteille soittaa?

Zeila: Kyllä minun tietääkseni, niissä on ihan toimiva puhelinnumero.

- Joku on soittanut Las Vegasin tabletille. Sellainen runkkari...

Näin heti Zeilan kasvoista, että hän tiesi jotain asiasta. Odottelin kiltisti, että hän nyt kertoo mitä on meneillä. Kasvoilla lähetin signaaleja, että vaadin vastauksia ja heti. Siinä onnistuin.

Zeila kuiskaten: Olen kuulut huhuja, että joku häirikkö soittelee Vegasille. Emme tiedä onko hän joku pettynyt asiakas vai muuten vaan joku elämään epäonnistunut luuseri.

- Onko ne puhelut pelkkää runkkaamista?

Zeila: Seksipuheluita ja runkkaamista. Kunnon pervomies.
Minä en sitten sanonut mitään.

Vai että häirikkö. Miten helvetissä se onnistui löytämään
tabletin puhelinnumeron? Minua asia alkoi ärsyttämään. En
tunne Las Vegasia hyvin, ainoastaan sen että hän on sokea. Las
Vegas ei ansaitse häirikköä työvuoroihinsa.

Omassa työpisteessä mietin, mitä tehdä? Millä tempulla saisin
häirikön kiinni? Silloin muistin sen sijainninjäljittäjän. Tiesin
mitä tehdä. Menin Las Vegasin työpisteelle ja sammutin
tabletin. Siitä palasin omalle työpisteelleni, jossa Nebraska teki
pyytämäni muutokset.

Nebraska, joka kuulosti tehneen osuutensa: No niin, nyt kaikki
puhelut tulevat sinun tabletin kautta. Eli olet nyt meidän
puhelinkeskus. Voit vastata ja siirtää puheluita. En auttanut
sinua tämän kanssa sitten.

- Älä huoli, otan vastuun kaikesta.

Siinä se oli, kaikki valmista. Välttämällä epäilyksiä, päätin
ottaa yhden soiton itselleni.

- Auttava Linja Minnesota.

Soittaja: Se on Lahtisen Pete tässä.

- Päiviä Pete.

Soittaja: Minulla on sellainen jännä tilanne meneillä ja
haluaisin mielipidettä tilanteesta.

- Olen kuulolla.

Soittaja: Olen hyvä ystävä minun peruskoulu jätkien kanssa. Aina yhdessä tekemässä asioita ja tyhmyyksiä.

- Perus kaveriporukka kuuloiselta.

Soittaja: Se oli sitä teiniaikaa. Sitten tuli jatko-opinnot. Silloin vähän ajettiin erikseen, seurattiin omia unelmia ja löytää paikka yhteiskunnassa. Unohdin olla yhteyksissä kavereihin, noin pari vuotta. Yhtenä päivänä sain viestiä Steamin kautta, se oli yksi kavereistani.

- Ainakin muisti sinut.

Soittaja: Kyseli asunko vielä Turussa, opiskelin siellä. Vastasin että sain töitä pääkaupunkiseudulta, joten muutto oli jo tehty. Siitä kaveri vastasi että hän ja pari muuta ovat yhä alueella ja halusivat, että tulisin kokoontumiselle. Tapasin jätkät pitkästä aikaa, ensimmäinen tapaaminen oli ravintolassa. Pidettiin hyvä henki päällä ja kuultiin toistemme urapolkuja, kunnes tunsi jotain olevan vialla.

- Kavereissa?

Soittaja: Vain yhdessä, Jarno. Peruskoulu aikaa hän oli levoton, mutta mukava. Hyvä tietokoneitten kanssa ja suuri videopelien ystävä. Koulussa hänellä ei ollut helppoa, yläasteella se oli sodassa opettajan kanssa. Sellainen kusipää opettaja. Peruskoulun jälkeen hän pääsi jatko-opinnoille, mutta en tiedä mihin hän valmistui. Kun yritin kysyä, hän toisti saman asian.

- Minkä asian?

Soittaja: Että hän on työtön, asuu vuokralla ja käy kuntouttavassa toiminnassa.

- Miksi "asuu vuokralla" kuulostaa jotenkin oudolta?

Soittaja: Asunto asiat eivät olleet hänelle ongelma, sillä vanhemmat rakensivat viereiselle tontille oman asunnon. Hän olisi perinyt kyseisen talon itselleen.

- Onko tietoa, mitä tapahtui?

Soittaja: Yritin ottaa selvää. Joskus Jarno on niin antisosiaalinen, että en saa hänestä mitään ulos. Kun jätkä on humalassa tai nauttimassa alkoholia, jotain keskustelua saan aikaiseksi. Jarno ei ensin halunnut kertoa mitä on meneillä, mutta se vihjaili huonoista väleistä ja pihalle potkimisesta.

- Jos kaveri oli humalassa, se voi hyvinkin olla tunnustus mitä hänen elämässä on meneillä. Alkoholin alaisena, voi vahingossa lipsauttaa asioita mitä haluaa pitää salassa.

Soittaja: Keskusteluissa on kuitenkin sen huonopuolensa. Kerran hän tunnisti, että se haluaa kuolla.

- Vain kerran?

Soittaja: Sitä en osaa sanoa. Omien sanojensa mukaan kerran yritti, mutta rohkeutta sillä ei ollut. Nyt se pisti uuden itsemurha uhkauksen viestin tulille, nyt ryhmächatille.

- Siis nyt?

Soittaja: Joo, nyt. Otanko yhteyttä virkavaltaan? Pelkään kaverin olevan tosissaan.

- Asutko kaverisi läheisyydessä?

Soittaja: Noin 10 minuutin ajomatkalla.

- Parempi että menet itse ensin paikalle. Ota yhteyttä kiinteistön huoltofirmaan, jotta huoltotukko tulisi avaimilla. Yritä ensin puhua järkeä, mutta jos ovia ei aukea poliisi paikalle. Sen käyttäytyminen voi olla hyvinkin hiljainen avunpyyntö, jota hän olisi voinut piilottaa sen alkoholin taakse. Pystykö menemään hänen luokse?

Soittaja: Pystyn.

- Lopettaan puhelu, jotta aika ei kostaudu.

No niin, puhelu hoidettu. Nyt leikitään puheluja siirtelevää sihteeriä.

- Auttava Linja Vaihde.

Soittaja: Voinko puhuu minun ongelmastani teille?

- Ei hätää, siirrän teidät vapaalla olevalle linjalle.

Siirsin puhelun Nebraskalle. Seuraava puhelu.

- Auttava Linja Vaihde.

Soittaja: Vaihde, luulin että puhelut menevät suoraan ammattilaiselle?

- Meillä on teknistä vikaa ohjelmiston kanssa, siirrän puhelun vapaalle olevalle.

Tämä soittaja saa apua Zeilalta. Seuraava soittaja.

- Auttava Linja Vaihde.

Soittaja: Auttava Linja? Eikö tämä ole Helsingin Kaupunki?

- Ei soititte Auttavaan Linjaan.

Soittaja: Hitto! Piti soittaa kaupungille, sillä hinaaja hajotti Citroenin pumput. Pystykö yhdistämään?

- Voin yrittää.

Kappas, se onnistuu. Yhdistin kaverin oikealle puhelinnumerolle, jotta kaupunki saa laskun aiheuttamalle haitalle. Uusi soittaja linjalla.

- Auttava Linja...

Siinä se! Se pervo runkkari. Runkkaamassa kaluansa puhelin kädessä. Nyt oli aika. Pistin sijainnin etsinnän tulille ja tabletti alkoi ladata sijaintia. Ne rukkaus äänet saivat vereni kiehumaan ja nyrkit kovettumaan. Mieli vetää kaveria turpaan oli suuri. Tabletti löysi sijainnin, kirjoitin puhelimeeni osoitteen ylös ja koordinaatit ottamalla puhelimellani kuvan siitä. Linja meni poikki syvään vohkintaan. Nyt se runkkari saa rankaisijan kyläänsä. Vielä en voi poistua työpaikalta, pitää tehdä hommia.

- Auttava Linja Minnesota.

Soittaja: Kiva nimi jätkällä.

- Luottamus syistä, mitä elämässä vaivaa?

Soittaja: Työllisyys. Se on minun tämänhetkinen ongelma. Valmistuin Joulukuussa ammattiopistolta, sillä vanhan koulutuksen suoritukset laskettiin hyväksytyiksi. Joulukuun valmistuminen oli vähän masentava.

- Masentava miten?

Soittaja: Vanhemmat eivät tulleet paikalle. Opiskelin Pohjois-Pohjanmaalla, sillä minun piti ottaa etäisyyttä vanhemmistani. Opiskelin ensin puusepäksi, mutta kotona oli silloin täysi kaaos. Molemmat vanhempani ovat yrittäjiä, joitten yritys oli menossa nurin.

Voi vittu, taas joku ongelma joka on lähellä minun kokemuksia.

Soittaja: Opiskelin Oulussa koodariksi. Tein verkkosivuja ja serveri työtä. Pääsin jopa Oulun IT-yritykselle harjoittelemaan, saamalla hyvän arvosanan. Olin luokan paras, kunnes todellisuus iski eteen.

- Kuinka iski eteen?

Soittaja: IT-firma jolle tein töitä ilmaiseksi, päätti ettei jatka minun kanssa. Ensin oltiin niin, että nyt löytyi osaaja ja kaikkea, sitten raha oli este ja kaikki yhteydet poikki. Ainoa muisto on joku työtodistus, jolla on sama arvo kuin vessapaperilla. Kun aloin hakea töitä, en päässyt vielä eroon vanhasta asunnostani. Maksoin tyhjästä vuokraa, joka alkoi näkyä ikävällä tavalla pankkitilissäni. Vasta kesällä pääsin eroon siitä asunnosta, vaikka olisin voinut hoitaa aikaisemmin.

- Miksi et hoitanut?

Soittaja: Vanhemmat estivät kaiken ja kontrolloivat jokaista liikettäni. Samaan aikaan kun hain töitä, sain kuulla koko ajan konkurssipuheita ja jatkuvaa piilovittuilua.

- Tarkenna piilovittuilu.

Soittaja: Jatkuvaa kritiikkiä kielteisistä työpaikoista, vihjailua mihin olisi haettava ja häpeämistä hakemistani paikoista. Olen hakenut myös telemarkkinointi hommille, sillä oloni on niin epätoivoinen.

- Ihan ymmärrettävää.

Soittaja: Viimeinen niitti tapahtui eilen. Isä haukkui minua epäonnistuneeksi työttömäksi. Raivosi myös siitä, kun Kela ei maksa minulle niitä tukia vuokralle.

- Mihin vuokralle?

Soittaja: Vanhempani päättivät, että minun on nyt maksettava huoneestani, jossa olin kasvanut peruskoulu aikoina...

Vittu mitkä vanhemmat tällä on. Tuollaiset ansaitsevat luodin päähän. Tämän kaltaiset ihmiset eivät ansaitse olla kenenkään vanhempia. Taas ne muistot päässäni, ne huudot, raivoamiset. Kyllästyminen, vasaraan tarttuminen.

Soittaja: Haloo? Oletko vielä siellä? Kuuntelitko mitä sanoin?

- Kuuntelin. Pakkaa tavarasi.

Soittaja: Anteeksi?

- He purkavat firman kaatumista sinun niskaasi.
  Harmittaa että valmistuit siihen aikaan, kun he eivät voi

tukea sinua. Jos he vaativat rahaa sinulta, on parempi häipyä.

Soittaja: Minne voisin häipyä?

- Kaverille tai sukulaiselle, ellei ne ole vanhempiesi puolella.

Soittaja: Täti ainakin näyttää ymmärtävän tilanteeni paremmin.

- Menen hänen luokse. Kerro mitä vanhempiesi luona on tapahtunut. Samalla haluan muistuttaa sinua yhdestä asiasta, mutta ensin haluan tietää ikäsi.

Soittaja: Olen 26-vuotias.

- Olet aikuinen ihminen, vanhempasi tällä käytöksellä kontrolloivat elämääsi. Sinä teet päätökset omalle voinnillesi, eikä kahden epäonnistujan tahdolle. Tiedän, asut heillä koska se helpottaa työnhakua. Nyt kehotan pakata tavarasi ja lähteä, sinun jaksaminen on ensimmäinen asia hoidettava.

Soittaja: En tiedä uskallanko...

- He todistivat oikeat värinsä haukkumalla työttömyyttäsi. Et tee mitään väärin lähtemällä.

Puhelu päättyi epävarmuuteen. Toivottavasti kaveri ottaa neuvoni vastaan ja häipyy myrkyllisten ihmisten läheisyydeltä. Vielä en voi poistua. Katsotaan mitä chatilla on tarjottavaa.

Chatti: Olen hyvässä palkkaisessa työssä, jossa olen tekemisissä vaarallisten kemikaalien kanssa. Äidiltäni on todettu laajentunut kasvain. Sen uutisen jälkeen, minulla oli hankalaa tehdä töitä kyseisessä firmassa. Kemikaaleja mitä käytetään voivat aiheuttaa kroonista sairautta, samaa mitä äidilläni on. Työ on hyvä palkkaista, mutta henkinen puoleni kärsii. Pitäisikö minun vaihtaa työpaikkaa?

- Oma jaksaminen ja hyvinvointi… On tärkeämpää tässä tilanteessa. Se on normaalia olla huolissaan läheisen sairaudesta… Sekä omasta terveydestä. Mainitsemasi sairaus on aika vakava… Jos tunnet että työskentely kemikaalien kanssa on mennyt liian haastavaksi… Haen vaan uutta paikkaa… Vaikka palkka pienenee koeajalla.

Pitää vielä parannella taitojani tämän chatin kanssa. Otetaan vielä yksi tästä listalta.

Chatti: Kun energiakriisi on ohi, pitäisikö minun palaa kaupungin tuottamaan energiaan? Minulla on aggregaatti joka riittää minun pienelle mökille.

- Se aggregaatti riittää hyvin… Ei sitä tiedä mitä tämä energiakriisi saa aikaan… Ehkä jatkossa hinnat nousevat yhä ylös… koska joku toimitusjohtaja päätti pitää voimalan kiinni.

Vielä työpäivää jäljellä, vielä yksi viesti.

Chatti: En pidä työstäni pysäköinninvalvojana. Kaikki vihaavat minua kun näkevät. Saan päivällä tappouhkauksia ja vihaista palautetta ihmisiltä, jotka eivät osaa lukea kylttiä. Pomo hengittää niskaan ja uhkailee jokaisella puhelinsoitolla potkuilla. Etsin tällä hetkellä uuttaa paikkaa, mutta minua kannustetaan pysyä yhä hommissa. En jaksa enää ja haluan irtisanoutua nyt. Mitä minun pitäisi tehdä?

- Sinä päätät haluatko jatkaa vai ei... Ehkä läheiset ovat huolissaan palkkakuitista ja sen takia... kannustavat pysyä hommissa... Jos nyt irtisanoudut... Kela voi pistää karenssit tulille... Jos nyt et millään vaan jaksa... voit irtisanoutua... Kato miten parhaaksi näet tilanteen.

Vastaan näihin viesteihin liian nopeasti, olkoon tämä viimeinen.

Chatti: Minulle tuli tarjous kirjoittaa True Crime kirja murhasta, joka tapahtui viime kuussa. Pitäisikö minun hyväksyä kyseinen tarjous?

- En suosittele... ottamaan kyseistä riskiä... Liian tuore tapaus voi pahoittaa mieltä... sekä suututtaa ihmisiä... Kuten se huumediileri... joka on jostain syystä julkkis... kunnes tavallinen huumeitten käyttäjä rikollinen... Suosittelen ottamaan vastaan tapauksia... jotka ovat tapahtuneen aikoja sitten... Liian tuoreet voivat... pilata uraasi.

No niin, työpäivä päättyi. Nyt on keikan aika.

Katselin sen runkkarin sijaintitietoja kartasta. Näkymä Google Mapsin mukaan, se paskiainen asuu Laajasalolla. Ikävä kyllä koordinaatit olivat mitä oli, sillä se näytti vain Laajasaloa. Päätin pistää kuvan kartasta koordinaateilla Ylilautaan, jos siellä nyymit osaisivat vihjata tarkkaa sijaintia. Kävelin ratikkapysäkille ja vilkaisin mitä vastauksia postaukseni sai. Ensimmäinen viesti oli " AP on homo". Toinen viesti "Sun

110

äitisi..." Kolmas viesti venäjä propagandaa ja neljäs korona propagandaa. Viides puhui jotain talousfoorumista. Tämä oli typerä idea kysyä sijaintia jostain kuvafoorumista. Ratikka saapui pysäkille. No, voihan sitä yrittää. Koputin kuljettajan luukulle, joka aukesi.

- Sori kaveri, mutta tiedätkö missä tämä paikka tarkalleen on?

Näytin kuvan kartasta kuljettajalle, joka näytti ehkä tietävän,

Kuljettaja: Joo toi sitä Kruunurantaa, siellä on nykyään kerrostaloa.

- Kruunuranta, miten sinne pääsee?

Kuljettaja: Jää pois Lasipalatsilla, ota metro Herttoniemeen ja sieltä joku bussi Laajasaloon tai Santahaminaa.

- Eikö Santahaminaan pitänyt olla lupa?

Kuljettaja: Ei jos jää pois kyydistä ennen Santahaminaa. Katso HSL-sovellukselta, itse olen kotoisin Keravalta.

Jäin pois Lasipalatsilla, otin Metron Rautatientorilta ja saavuin Herttoniemeen. Siellä minulle selvisi, että alue ei ollut nimeltä Kruunuranta. Paikan nimi oli Kruunuvuorenranta. No se kuljettaja sanoi olevansa Keravalainen. Miksi Helsinki palkkaa väkeä Keravalta?

Jos koordinaatit ovat oikeassa, se runkkari asuu edessä seisomassani luhtitalo kiinteistössä. Liikuin kiinteistön alueella varovaisesti, jotta en nostaisi liikaa huomiota. Huomasin roskikset, josta improvisointi idealle alkoi raksuttamaan.

111

Sekajäte ja biojäte saavat olla rauhassa, mutta kartonki astia sai hehkulampun valoisaksi. Avasi astian luukun auki ja sieltä löytyi sopiva paketti. Ei revitty, eikä tallattu. Tämä pahvilaatikko oli vielä käyttökelpoinen ja tiesin mitä pistää sen sisälle, näkemällä kiinteistön puutarhan kivikoristeet.

Pahvilaatikko täynnä, suunnitelma oli selvä. Menen jokaiseen oveen ja esitän olevan kuriiri pakettilähetyksellä. Menin ensimmäiselle ovelle ja soitin ovikelloa. Odotin ja oven avasi bodari.

- Iltaa, lähetyksenne!

Bodari: En tilannut mitään.

- Hetkinen.

Otin puhelimen käteeni ja soitin runkkarin puhelin numeroon, jonka sai sijaintitietojen keralla. Soitin numeroon ja odotin. Bodarin kämpältä ei kuulunut mitään.

- Pahoittelut, väärä ovi.

Bodari, joka oli sulkemassa oven: Illan jatkoa!

Siirryin seuraavalle ovelle, jonka avasi mummo.

- Iltaa, erikoislähetyksenne!

Mummo: Mikä?

Juu tämä mummo ei todellakaan ole etsimäni häirikkö, mutta soitetaan kuitenkin. Hyvä, ei lapsenlapsia kylässä tällä mummolla.

- Oho väärä ovi, pahoittelut.

112

Mummo: Oletteko lähihoitajani?

- Illan jatkoa.

Kolmannelle ovelle ovikellon hipaisulla. Oven takaa ilmestyi nörttimäinen asukas.

- Iltaa, pakettilähetyksenne!

Nörtti: Taidat olla väärä kuriiri. Tilasin enemmän osia kuin yhden.

Jaa, tämä kaveri odottaakin jotain lähetystä. Silti, puhelimelta painoin vihreää. Nörtit asunnosta ei kuulu mitään.

- Oho katsoin asunnon numeron väärin.

Nörtti: Sattuuhan sitä ja luulen että lähetykseni nyt saapui.

Poistuin seuraavalle ovelle, antamalla tietä oikealle kuriirille, jolla oli nokkakärry lähetys nörtille. Pari seuraavaa ovea olivat vailla asukasta. Pistin korvani oveen kiinni ja soitin runkkarin numeroon. Mitään ei kuulunut. Yhdessä oli perheen isä, joka raivosi lapselle luulemalla tilanneen taas jotain roskaa Wishiltä. Sen naapuri oli ulkomaalainen, joka ei ymmärtänyt suomea eikä englantia. Sen jälkeen tuli asunto, jossa nauhoitettiin jotain rap-musiikkia täysillä ja dialogi asukkaan kanssa hukkui meluun. Siitä seurasi asukas, jonka asunosta näki kasan tietokoneita louhimassa kryptoja. Näillä asukkailla yhdisti vain yksi juttu, kukaan ei rukannut puhelimeensa.

Vedin ensimmäisen kerroksen tyhjin tuloksin. Ärsytti, mutta toisen kerroksen asuntojen vuoro oli nyt. Käveltyä rappusia ylös, adrenaliini voimistuin nyrkeissä. Oli pakko saada kiinni tämä tyyppi, jotta voisin vapauttaa tämän ärsytyksen mielestäni. No niin, nyt ollaan toisen kerroksen asunnoista. Aloitetaan tällä mikä on rappusien vieressä. Soitin ovikelloa ja odotin. Olin siirtymässä toiselle ovelle, kunnes kuulin lukon rapsahtavan. Ovi aukesi ja esille astui ihminen, joka ei selvästi ollut ulkona ainakin pari päivää. Varmaan vailla koulutusta ja töitä. No, takaisin kuriirin valeasuuni.

- Iltaa, tilaamanne paketti!

Asukas: En tilannut kyllä mitään.

- Vai niin?

Puhelin kädessä soitin numeroon. Hänen asunnossa kuului tuttu Samsungin puhelinsoitto ääni. Asukas turhautuneesti katsoi taakse, kiroamalla puhelinta. Painoin punaista luuria, jolloin Samsungin soittoääni katosi.

- Vitun runkkari.

Asukas: Anteeksi mitä sanoit?

Annoin raivoisen adrenaliinin ottaa vallan, lyömällä runkkaria pahvilaatikolla kohti kasvoja. Pahvilaatikko maalasi mustelman ja taittoi runkkarin nenän, joka alkoi vuotamaan verta kuin hana. Runkkari kaatui maahan kyljelleen, heitin pahvilaatikon häirikön selkään. Pahvilaatikko aukesi ja vaaputti sen sisällä olleet isot kivet, jotka olin noukkinut siitä puutarhapihasta.

Runkkari, joka piteli naamasta kiinni verenvuodon vuoksi: Mitä vittua!

- Älä vituista puhu, jos sellaista et ole nähnyt.

114

Mulkero yritti nousta ylös, mutta potkaisin hänet takaisin maahan. Asunto sisältä oli pimeä ja karsea. Kaihtimet suljettuina ja likaa pölyjen keralla. Ainoa kirkasvalo tuli tietokoneesta, joka lojui pöydän äärellä. Tietokoneen näytössä pyöri jotain, johon silmäni huomio lukittui. Lähestyin näyttöä, jossa oli gif-animaatio pyörimässä. Kuvassa oli hahmo, jonka tunnistin animesta. Se hahmo on alaikäinen ja kuvassa tapahtuu asioita. Asioita mitä alaikäiselle ei saisi tapahtua.

Runkkari, joka ryömi maassa kohti ulko-ovea: Auttakaa!

Runkkarin avunhuuto oli onneksi hiljainen, joten raahasin hänet takaisin kämppänsä keskiöön.

- Teen tilanteenkatsauksen. Asut tässä pimeässä reiässä, runkkaat piirretty lapsille ja häiriköit työkavereiani erektiollasi?

Runkkari: Ette auttaneet minua ongelmani kanssa.

- Ja mikä oli ongelmasi?

Runkkari: Kerroin ongelmastani materiaalista ja minua aina syytetään pedofiliasta.

- Tuo animaatio on todiste, että olet!

Runkkari: Se on piirrettyhahmo!

- Ja huomenna varmaan naapurin lapsi!

Runkkari: Olen yksinäinen, vailla seuraa ja kavereita. Kyllä kosketuksen tunnetta tarvitsen. Samaa mieltä on terapeutti.

- Vai että terapeutti?

Runkkari: Sen mielestä fantasiat ovat normaali asia.

Nostin runkkarin maasta paiskasin hänet suoraan seinää.

- Vai että normaalia?

Runkkari aivasti naamalleni, jonka vuoksi menetin otteeni. Runkkari tönäisi minua, jotta hän sai pientä etäisyyttä minusta. Runkkarin lähellä oli ruokapöytä, josta hän päätti hyödyntää likaista haarukkaa. Runkkari yritti hyökätä puukkomaisesti, mutta sivu lämäyksellä sain idiootin takaisin polville sivuttain. Seinässä roikkui iso taulu, jossa oli myös alaikäinen animehahmo. En jaksanut katsoa poseeraavaa alaikäistä, joten tartuin taulusta kiinni ja revin sen irti seinästä. Painavan tuntuinen taulu pysyi käsissä ja paiskasin sen suoraan runkkarin päähän. Taulu räjähti säpäleiksi runkkarin itkun voimalla. Yllätyin että painava paksu taulu meni noin helposti palasiksi. Sen pitäminen käsissä sai olon ällöttäneeksi, sillä en tiennyt oli kaveri lauennut taululle. Hyi helvetti! Tunsin vihan sisällä kiehuneen yli. Iskin polveni kiinni runkkarin rintakehälle ja aloin nyrkillä paiskomaan iskuja hänen kasvoihinsa.

- Lopeta… soittaa hänelle!

Kuritin runkkaria, joka aneli armoa. Nyrkkini värjäytyi punaiseksi, joka tiputteli punaisia pisaroita silloin tällöin. Päästin kaiken irti jokaisesta lyönnistä, enkä halunnut lopettaa.

- Menikö viesti perille!

Kuritukselle ei näkynyt lopetusta, kunnes kaveri myönsi saaneen viestin perille. Kuulin vain vinkumista, jolloin lyönnit koventuivat.

- Menikö perille!

En saanut vastausta ja korvani kuulivat pelkkää itkemistä. Nopeutin tahtia.

- Menikö?

Kun en saanut vastausta, latasin nyrkin valmiiksi iskemään aivot pihalle. En saanut iskua menemään perille runkkarin kasvoille. Joku tarttui ranteestani kiinni. Käänsin huomioni taakse, näkemällä Las Vegasin.

- Miten tänne eksyit?

Las Vegas, joka piti ranteestani kiinni: Nyt häivymme.

En pistänyt vastaan Las Vegasin sanomisille, sille käsky tuntui ranteessani puristuksen kovenemisella. Nousin pois runkkarin päältä, antamalla viimeisen kurituksen potkaisemalla suoraan kasseille. Las Vegas raahasi minut pois asunnosta pitäen ranteesta kiinni. Taulussa ollut kuva repeytyi askeleitteni seurauksena, nyt kaveri ei voi enää runkkaa lempihahmoonsa.

Las Vegas raahasi minut kadun toiselle puolelle, jossa oli kiinteistö kerrostaloilla. Las Vegas asui kyseisellä kiinteistöllä, pääsin nimittäin kylään. Istuin ruokapöydän äärellä. Edessä oli kahvikuppi teepussi sisällä. Katsoi viereisestä ikkunasta luhtitalo kiinteistöä, jossa oli poliisipartio paikalla. Runkkari oli käsiraudoissa viety autoon, kunnes tietokone vietiin saapuneeseen mustaan pakettiautoon. Las Vegas kaatoi kiehuvaa vettä kahvikuppiin, pelästyttämällä minut.

- Et kysynyt kupin sijaintia.

Las Vegas: Kuvamuisti, tiedät mihin asetan astiani. Tuon kaverin tapaus oli menetys. Se oli soittanut palveluun ja halusi oikeasti apua. Antamamme vinkki kostautui.

- Miten?

Las Vegas: Kehotettiin hänen menevän seksuaaliterapeutille, se terapeutti myrkytti hänen mielensä antamalla vinkkejä itsetyydytykselle. Se pahensi hänen tilannetta. Se oli soittanut myös sinulle, suuttui kun kutsuit sitä pedofiiliksi.

- Jaa.

Las Vegas: Siitä alkoi hänen häiriköintipuhelu, soitti monelle ja tyydytti linjoille.

- Siis tarkoitat vaan sinun linjoille?

Las Vegas, joka kaatoi kiehuvaa vettä omaa kahvikuppiinsa: Ei, kaikkien linjoille. Siirsin hänen puhelinnumeron omalle työpisteelleni, tietämällä että vastaisit puhelimeen.

- Nyt en ymmärrä.

Las Vegas: Olen rehellinen nyt sinulle. Ulrich pyysi, että auttaisin sinua. Se ei enää jaksanut katsoa sivusta, miten tuhlaat elämääsi vailla tarkoitusta.

- Eli tämä palkkaus oli lavastus?

Las Vegas: Pärjäsit hyvin työssäsi, saat palkan siitä. Sain vapaat kädet, miten saada selville ongelmasi. Veikko kertoi mitä tapahtui hautajaisissa.

- Nebraska.

Las Vegas: Myit pöydän tyhjäksi kirpputorilla.

- Onko Ulrich vielä vihainen?

Las Vegas: Ulrich ei ole niin tyhmä, et myynyt hänen kokoelmaa.

- Eli valetelit.

Las Vegas: Simppa piti seurasta ja oli otettu, kun heitit häirikön kaiteesta yli.

- Pointtisi?

Las Vegas: Olet työkykyinen, joten ongelma on sisäinen.

- Sisäinen?

Las Vegas: Netissä leviää video miten vedät turpaa striimaaja, joka vei rahasi.

- En se minä ollut.

Las Vegas: En tunne kunnon kieltäytymistä vastauksessasi, todistit olevasi se henkilö.

- Ja miten sokea voi nähdä videoita?

Las Vegas: Näkövammainen voi. Näillä tekosilla sain selville, että välität ihmisistä. Välität heistä, jotka antavat kunnioitusta ja tunnistat vääryydet. Tämä impulsiivisuutesi hoitaa nämä ongelmat on purkausesi. Pidät sisälläsi jotain, joka häiritsee sinua. Olit viimeksi aika väsynyt, näin huomasi ainakin Yasir.

- Zeila.

Las Vegas: Miksi arvelet kuka on kukin?

- En ollut varma jatkanko pitää tuossa työssä.

Las Vegas: Mitäs jos tutustutaan kunnolla, sillä haluan tietää nimesi. Voin itse aloittaa, Viola.

- Jaakko.

Viola: Hyvä, kerro vanhemmistasi.

- Onko tämä Ulrichin tekemisiä?

Viola: Todistit nyt minulle, että vanhempasi ovat ongelmasi takana.

- Enkä todistanut.

Viola: Ihmiset joilla on ongelmia perheessä nykyään joutuvat alkoholin ja huumeitten armoon. On tapauksia, jossa vanhempien aiheuttama trauma purkautuu erilaisilla tekosilla. Harrastuksilla tai ammatinvalinnalla. Sinun kohdalla, purkaat sen puolustamalla vääryyden uhreja. Joten, kerro vanhemmistasi.

- Ei ole mitään sanottavaa.

Viola: Siltä se ei kuulosta.

- Molemmat kuolleet.

Viola: Valehtelet.

- He hylkäsivät minut.

Viola: Ole rehellinen.

- Olen rehellinen!

Viola: Sinua ärsyttää kun joku kyseenalaistaa tai syyllistää, aloit hermostumaan.

- Minua hermostuttaa tämä salaliitto, johon se pappi sekoitti minut.

Viola: Vaihdoit puheenaihetta.

- Perkele!

Heitin kahvikupin päin seinään. Sirpaleet lensivät maahan ja tee maalasi valkoiselle seinälle läiskän. En olisi halunnut heittää sitä kahvikuppia. Hermoni olivat koetuksella. Viola kuitenkin istui rauhassa, hiljaisena juomalla teensä. Violalla ei ollut selvästi kiire minnekään. Tässä tapauksessa joku muu olisi jo heittänyt minut pihalle. Violasta selvästi näki, että hän odotti avautumistani. Valmiina kuuntelemaan minua. Oli kai pakkoa kertoa, mitä minussa on vialla.

- Haluat varmaan kuulla kaiken?

Viola: Ole hyvä.

- Kasvoin perheessä, jossa olin ainoa lapsi. Vanhemmat töissä kävijöitä. Olivat läsnä lapsuuteni ajan ja auttoivat kouluaikoina läksyjen kanssa ja veivät harrastuksiin.

Viola: Milloin ongelmat alkoivat?

- Päästyäni ammattikouluun. Samaan aikaan isä ylennettiin uuteen pestiin, jossa oli paljon ylitöitä. Isä alkoi olla enemmän hermostuneempi. Pikku asioista alkoi meteli ja hirveä huutelu. Äitini yritti pysyä lujana, mutta meni aina piiloon itkemään. Sisaret kehottivat hänen ottamaan avioeron. Hän ei kuunnellut heitä.

Viola: Jatka.

- Yhtenä päivänä jouduin isäni raivon uhriksi. Isäni väitti että en tervehtinyt häntä. Hirveä maailmanloppu hänen mielestä. Se oli ensimmäinen kerta, kun uhkasi heittää minut pihalle. Siitä hän alkoi seurata, vahtia ja vakoilla jokaista tekemistäni. Elämäni oli täynnä stressiä ja pelkoa, vihasin asuntoa jossa kasvoin.

Viola: Mitä opiskelit?

- Ohjelmointia. Termi olisi datanomi, valitsin koodaamisen. Se kiinnosti. Riehumisten alkamisen jälkeen en pystynyt keskittymään opintoihini. Menetin yöuneni, kun heräsin huutamiseen ja itkemiseen.

Viola: Kuka itki?

- Isä. Sen raivoamisille tuli myös oudot itkemiset ja käytökset. Alkoi jopa teeskennellä, että hän ei riehunut viime päivinä. Siitä alkoivat kuitenkin sanallinen hyökkäys. Olin nyt kuulemma virhe, että piti mennä DNA-testeihin. Jääkaappiläski, joka osasi vain käydä jääkaapissa. Kerran hän syytti minua siitä, että pistin lukitusnäytön äidin puhelimeen. Se oli ensimmäinen kerta, että hän kävi kiinni. Ranteeni aukesi ja vuosi verta.

Viola: Isäsi harjoitti henkistä väkivaltaa, miksi hän luuli että pistit puhelimeen lukitusnäytön?

- Hän alkoi vakoilla äidin tekemisiä, puheluita ja viestejä. Hänelle piti myös alkaa pitämään kirjanpitoa, jokainen kuitti piti säästää. Äitini ei saanut enää tavata sisaruksia. Minä menetin viikkorahani, joita säästin opiskelujani varten, koska en moikannut.

Viola: Tuo vakoilu kuulostaa mustasukkaisuudelta, toisten puhelimien katsominen on yleisin merkki siitä. Kirjanpitäminen kuulostaa siltä, että taloudelle tapahtui jotain. Joko uhkapelaamista tai huono sijoitus. Haluan tietää, milloin tuli se hetki. Kun kulissit romahtivat.

- Ennen sitä, yritin puhua järkeä äidille. Hän ei kuunnellut ja toisti saman: "Jatka opiskelua, näytä närhen munat". Äidistäni oli tullut tiiliseinä, ei kuunnellut ketään. Yhtenä päivänä, isä lähetti tekstarin äidille. Siinä tekstarissa kysyi lupaa tulla kotiin, jos häntä toivottiin kotiin. En tiedä mitä äiti vastasi, mutta paska lensi tuulettimelle. Isä tuli kotiin ja myrsky oli irti. Tavarat lensivät, huutamista ja meuhkaamista. Isä kävi äidin kimppuun.

Viola: Mitä teit?

- Päätin että minulle riitti. Yritin saada isän pois äidin päältä, jonka seurauksena hän alkoi kuristamaan minua. Näin hänen kasvonsa, en tunnistanut häntä enää isäkseni. Olin maassa ja hän päälläni, yhä kuristamalla. Käteni olivat vapaana ja onnistuin saamaan oikealle kädelleni jotain. Siitä mitä sain käteeni, löin suoraan isän päähän.

Viola: Mitä sai käteesi?

- Vasaran. Ensin löin vasaran sivulla, joka osui. Toinen lyönti oli vasaran litteä osa, saamalla hänet lopettamaan. Litteä osa päästi naksahduksen äänen, jolloin isä menetti tajun. Sain hänet pois päältäni, kun poliisit saapuivat naapurien ansiota. Vasaralla heiluminen katsottiin itsepuolustuksena. Vasaran isku teki isästä liikkuvaan ruumiin, työkyvytön rullatuolissa. Elää omassa maailmassa.

Viola: Mitä äidillesi kävi?

- Pari mustelmaan. Hän ei ollut iloinen, että pelastin hänet. Hän haukkui minut pystyyn ja sanavalinta meni isäni suunnille. Äitini oli raivoissaan, että otin hänen puolensa. Olin kurkkua myöten koko touhusta. Pakkasin tavarani ja häivyin. Äitini yritti estää raivoissaan minun häipymistä, mutta päätin että minulle ei enää vittuilua sillä päivällä. En hyväksy mitään vittuilua edes omalta perheeltäni. Äitini mielestä pilasin kaiken. Äitini ei tehnyt riehumisille juuri mitään.

Viola: Kun lähdit, mitä sanoit äidille?

- Onko sillä väliä?

Viola: Haluan tietää hyvästelitkö vai sanoitko jotain aivan muuta?

En hyvästellyt sanomalla hyvästit. Varauduin, että käyttämäni sana olisi suututtanut Violan.

- Se päivä oli viimeinen kerta, että olin äitini kanssa tekemisissä. Sanoin hänelle yhden sanan, kun poistuin lopullisesti hänen elämästä: huora.

Viola ei sanonut mitään. Viola pysyi hiljaisena. Huoneessa seinäkellon tikitys oli ainoa äänessä. Viola nousi tuolistaan ja lähestyi minua kohti. Varauduin, että nyt tulee läpäisy. Sitä ei tullut. Viola päätti halata minua. Tuntui oudolta, pitkästä aikaan kukaan ei halannut minua. Olo lämpeni. Tunsin, että pahamieleni lähti pois. Nyt on hyvä olla.

12

Olin uusissa hommissa, oppisopimus puuhissa. Olen töissä erikoisliikkeessä, joka rakentaa ja myy käytettyjä tietokoneina. Työssäni hoidan liikkeessä olevaa asiakaspalvelua, asennan tietokoneet valmiiksi ja rakennan pelitietokoneita. On päiviä kun olen töissä ja on päiviä, että olen pulpetin äärellä. Tänään pulpetin äärellä, merkonomi hommissa.

Päivä päättyi ja kävelin kotiin. Puhelimeeni tuli tekstari, Ulrichilta. Tekstarissa hän antoi luvan tehdä keikkaa. Kotona avasin läppärin ja siitä ohjelman, jotta voin vastaa ottaa puheluita. Puhelimeeni kuitenkin ehti tulemaan vielä yksi puhelu, Violalta.

- Mitä Viola?

Viola puhelimessa: Ei mitään sen kummempaan. Teetkö viikonloppuna jotain erityistä?

- En sinänsä.

Viola puhelimessa: Amorphis vetää keikkaa Tavastialla, sain VIP-liput konsertille. Kiinnostaako tulla saattajaksi?

- Uskon että onnistuu.

Viola puhelimessa: Palataan asiaa, työt kutsuvat.

Vaikka nyt silloin tällöin teen hommia Auttavassa Linjassa, pidin kyllä yhteyksiä joittenkin kanssa. Violan kanssa on ollut nyt aktiivisempaa menoa. Ehkä hän pitää minusta. Hankala uskoa että olen tässä tilanteessa. Elämä on paremmassa suunnalla, käyn töissä ja en ole enää sossun kanssa tekemisissä.

Minua menneisyys enää riivaa, ehkä se oli syy haluttomuuteen. Nyt kun tietää, että näinä päivinä ihmisillä on ongelmia jokaisesta asiasta, ajattelen selvinneeni mainiosti. Olen ehkä onnekas, mutta uskon syvässä olevien pääsevän pois kuopassa ajan myötä. Itse heitin toivon kohdillani pois, mutta se toivo palasi itsestään. Elämä on ihmeellinen, joka osaa yllättää.

Kannettavaa tuli soittopyyntö, jossa jollakin on ongelma jengikaverin kanssa. Uusi lähestymistapa Auttavan Linjan palvelussa. Hiirellä painoin vihreää luuria ja pistin kuulokemikrofonin päälle. Hetken piti odottaa, kunnes puheluun vastattiin.

- Auttava Linja Minnesota.

Loppu

Gimi Tano Teoksia

Kehän Titaanit (2021)

Auta Minua Minnesota! (2023)